孫連れ侍裏稼業
成就

鳥羽　亮

幻冬舎時代小説文庫

孫連れ侍裏稼業　成就

目次

【主要登場人物】

伊丹茂兵衛　元出羽国亀沢藩士。浅草駒形町庄右衛門店に暮らしながら、倅夫婦を斬殺した敵を追っている。五十代。

伊丹松之助　茂兵衛の孫。十歳。

富蔵　口入れ屋「福多屋」の主。裏稼業を営む。

柳村練三郎　元御家人。「福多屋」の裏稼業の刺客。

弥助　「福多屋」の奉公人。裏稼業の連絡役。

おとき　庄右衛門店の茂兵衛の隣人。

岸崎虎之助　元亀沢藩普請方。茂兵衛の倅夫婦斬殺事件の容疑者。

剛村桑兵衛　亀沢藩士。普請方。「岩砕き」と称する剛剣を操る剣客。岸崎に与して悪事を働く。

川澄市之助　亀沢藩士。先手組。茂兵衛と協力して岸崎の行方を追っている。

村越八十郎　亀沢藩士。下目付。

第一章　剛剣

1

陽《ひ》が家並の向こうに沈み、西の空は残照に染まっていた。樹木の長い影が、雑草に覆われた空き地に伸びている。その空き地に、ふたりの男が立っていた。伊丹茂《いたみも》兵衛《へえ》と孫の松之助《まつのすけ》である。ふたりは、真剣を手にしていた。刀身が西の空の残照を映じ、血に染まっているように見える。

「まず、素振りからだ」

茂兵衛が言った。すでに、五十路《いそじ》を超えていたが、剣の修行で鍛えた体は、矍鑠《かくしゃく》として老いを感じさせなかった。

「はい！」

松之助は手にした真剣を振り始めた。

松之助はまだ十歳だったが、茂兵衛の指南で稽古《けいこ》を積んでいたので、素振りも様になっていた。ただ、手にしている刀は、通常の大刀より二寸ほど短かった。松之助の体に合わせて刀身を短くしたのだ。

祖父である茂兵衛が、孫の松之助に剣術の指南をしていたのは、松之助の両親が亡くなったため、茂兵衛が育てていたからだ。

茂兵衛と松之助が剣術の稽古をしている場は、浅草駒形町《あさくさこまがたちょう》にある庄右衛門店《しょうえもんだな》という棟割《むねわ》り長屋の脇にある空き地だった。

その空き地は、大川端《おおかわばた》の通り沿いにあった。轟々《ごうごう》という流れの音が、絶え間なく聞こえてくる。

ふたりが、長屋の脇にある空き地で剣術の稽古をしているのには、それなりの理由があった。

ふたりは、三年ほど前まで、出羽国《でわのくに》、亀沢藩《かめざわはん》七万石の領内で、松之助の父恭之助《きょうのすけ》と母ふさとともに、家族四人で住んでいた。

茂兵衛が隠居した後、倅《せがれ》の恭之助は亀沢藩の勘定《かんじょう》奉行として領内で七十石の禄《ろく》を喰《は》んでいたのだ。

　ところが、たまたま茂兵衛が屋敷を留守にしたとき、普請方《ふしんかた》の岸崎虎之助《きしざきとらのすけ》と徒士《かち》の小柴重次郎《こしばしげじろう》が屋敷に押し入って、松之助の父母を殺した。そして、岸崎と小柴は追っ手から逃れるために国元から江戸へ出たのである。

　なぜ、岸崎たちが恭之助とふさを殺したのか、理由ははっきりしなかったが、後に残された茂兵衛と松之助は、ふたりの敵《かたき》を討つために江戸に出たのだ。

　茂兵衛と松之助は江戸に出ても、藩邸に住むことはできなかった。借家に住むほどの金もない。それで、長屋住まいを始めたのだ。

　茂兵衛の倅夫婦を斬った岸崎と小柴は、雲仙流《うんぜんりゅう》の遣い手だった。雲仙流は、亀沢藩の領内にひろまっている特異な流派である。

　領内に住んでいた雲仙平八郎《へいはちろう》なる郷士《ごうし》が修行の旅に出て、上州馬庭《じょうしゅうまにわ》の地で馬庭念流《ねんりゅう》を身につけ、さらに諸国をまわり、剣の精妙を会得した。そして、雲仙流を名乗り、亀沢藩の領内にもどって道場をひらいたのだ。

　茂兵衛と松之助は江戸に出て、長屋暮らしをつづけながら、敵の岸崎と小柴を討つために、ふたりの居所を探すとともに剣術の稽古をつづけた。

　そして、一月《ひとつき》ほど前、敵のひとりである小柴を討ち取った。だが、まだ岸崎が残っていた。岸崎は、小柴以上に腕がたつ。そのため、茂兵衛と松之助は、剣術の稽古をやめることができなかった。

その後、江戸詰の亀沢藩士の協力も得て岸崎を探し、岸崎が江戸市中に身を隠していることが知れた。そうしたことがあって、茂兵衛と松之助の剣術の稽古には、さらに熱が入っていたのだ。

茂兵衛は、松之助の顔が汗でひかっているのを見て、

「松之助、素振りはここまでだ。次は、岸崎が前に立っているとみなし、真剣で斬《き》る稽古をする」

そう言って、刀を青眼《せいがん》に構えた。

松之助は、岸崎が茂兵衛の三間《さんけん》ほど前に立っているとみなし、青眼に構えた切っ先を茂兵衛にむけた。こうした稽古をつづけていたので、松之助にはどの辺りに立てばよいか分かっていた。

茂兵衛は、どっしりと腰の据わった隙《すき》のない構えだった。茂兵衛は一刀流《いっとうりゅう》の達人だった。亀沢藩の領内に住んでいるとき、城下にあった一刀流の倉橋《くらはし》道場に通い、腕を磨いたのである。

亀沢藩の領内には、雲仙流と一刀流の道場があり、多くの藩士は、どちらかの剣術を身につけていた。

「松之助、すこし剣尖《けんせん》が高い。岸崎が前に立っているとみなし、首のあたりにむけろ」

茂兵衛が言った。

「はい！」

松之助は、すぐに剣尖を下げた。

松之助の構えは、ぎこちなさがあった。十歳の松之助は体も華奢《きゃしゃ》だし、顔には幼さが残っている。

「いい構えだ。わしが、斬り込め、と声をかけたら、真っ向へ斬り込め。……突け、と言ったら、岸崎の脇腹を突くのだ」

「はい！」

松之助は、青眼に構えたまま前方を睨《にら》むように見据えて応《こた》えた。

茂兵衛は前に岸崎が立っていると想定し、青眼に構えた剣尖を岸崎の目線につけ、一歩踏み込みざま袈裟《けさ》に斬り込んだ。そして、柄《つか》を握った手の内を絞って刀身をと

める と、

「斬り込め！」

と、声をかけた。

エイッ！

甲走《かんばし》った気合を発し、松之助が踏み込みざま真っ向へ斬り込んだ。

松之助は手の内を絞ったが、刀身をとめきれず、切っ先が膝のあたりまで振り下ろされた。体勢もくずれている。

「いま、一手！」

ふたたび、茂兵衛は青眼に構えた。

「はい！」

松之助もすぐに青眼に構えなおし、岸崎が前に立っているとみて、その首の辺りに剣尖をむけた。

茂兵衛は全身に気勢を込め、斬撃《ざんげき》の気配を見せて敵を気魄《きはく》で攻めてから、タアッ！ と鋭い気合を発し、今度は真っ向へ斬り込んだ。そして、手の内を絞って切っ先を高い位置でとめ、

「突け！」

と、松之助に声をかけた。

「突き！」

松之助は声を上げ、踏み込んで切っ先を脇腹に突き出した。

「いいぞ！　いま、一手」

茂兵衛が声をかけ、ふたりは身を引いた。そして、ふたたび間をとってから刀を構えた。

そうやって、ふたりは半刻《はんとき》（一時間）ほど、真剣を遣って岸崎を斬るための稽古をつづけた。

ふたりの顔から汗が伝い落ちるようになったころ、空き地に近付いてくる下駄の音がした。

茂兵衛が刀を下げて音のする方に目をやると、庄右衛門店に住むおときの姿が見えた。おときは、慌てた様子で空き地に入ってきた。

茂兵衛は刀を手にしたまま、

「おとき、どうした」

と、訊《き》いた。長屋に、何かあったのかもしれない。

「な、長屋に来てますよ、お侍さまが」

おときが、声をつまらせて言った。急いで来たので、息が上がったらしい。

「だれか、分かるか」

すぐに、茂兵衛が訊いた。

「川澄《かわすみ》さまと、おっしゃってました」

おときによると、茂兵衛を訪ねてきたのは、ふたりの武士で、名乗ったのは川澄だけだという。

「川澄どのか、すぐ行く」

茂兵衛は、刀を鞘《さや》に納めた。川澄市之助《いちのすけ》は、亀沢藩の江戸詰の藩士だった。役柄は、先手組《さきてぐみ》である。

これまで茂兵衛は、川澄の手を借りて岸崎と小柴の居所を探ったり、岸崎たちに与《くみ》する藩士たちと闘ったりしてきたのだ。

2

茂兵衛たち三人が長屋にもどると、茂兵衛の家の前に川澄と江戸詰の藩士の村越《むらこし》八十郎《やじゅうろう》が立っていた。

村越は下目付《したためつけ》だった。亀沢藩の下目付は大目付《おおめつけ》の配下で、藩士たちの勤怠《きんたい》を監察する役である。

茂兵衛は、村越ともいっしょに探索をし、また岸崎たちとの闘いにあたってきたので、よく知っていた。

何があったのか、川澄と村越の顔が強張《こわば》っていた。

「ともかく、家に入ってくれ」

茂兵衛は腰高障子《こしだかしょうじ》をあけて、川澄と村越を家に入れた。

戸口までいっしょに来たおときが、茂兵衛に身を寄せ、

「伊丹の旦那、お茶を淹《い》れましょうか」

と、小声で訊いた。

おときは、茂兵衛たちの隣りに住む、出戻りの大年増《おおどしま》である。十七、八のころ音吉《おときち》という大工に嫁いだが、音吉が普請中の家の屋根から落ちて亡くなり、父親の安造《やすぞう》の住む長屋にもどってきたのだ。いまは、安造とふたり暮らしである。

おときは世話好きで、隣りに住む年寄りの茂兵衛とまだ幼さの残る松之助の暮らしぶりを見て不憫《ふびん》でならないらしく、何かと世話を焼いてくれていた。

「いや、いい。急ぎの用らしい」

川澄たちの話は、急を要するものらしい、と茂兵衛はみたのだ。

「家にいるから、用があったら声をかけてくださいね」

そう言い残し、おときは戸口から離れた。

茂兵衛は、川澄と村越が座敷に上がって腰を下ろすのを待ち、

「何かあったのか」

と、ふたりに目をやって訊いた。

「下目付の深井信介《ふかいしんすけ》と、林四郎太《はやししろうた》が殺されたのだ」

村越が言った。村越も、殺されたふたりと同じ下目付だった。亀沢藩の場合、下目付は大目付の下役である。

「深井どのと林どのは、だれに斬られたのだ」

茂兵衛が訊いた。

「まだ、相手ははっきりしないが、深井と林を斬ったのはふたりの武士で、ふたりとも腕がたつらしい」

川澄はそう言った後、すこし間をとり、

「ひとりは、岸崎かもしれぬ。……はっきりしないが、殺された現場近くで、岸崎らしい武士を見かけた者がいるのだ」

と、言い添えた。

「ふたりは、どこで斬られた」

茂兵衛が訊いた。

「富沢町《とみざわちょう》の栄橋《さかえばし》の近くだ」

栄橋は、浜町堀《はまちょうぼり》にかかる橋である。

「ふたりが斬られたのはいつだ」

「昨日の夕方らしい」

川澄によると、今朝方、藩邸に知らせがあり、すぐに現場にむかったという。そして、ふたりを検屍した後、付近で聞き込みにあたり、目撃した者の話から、下手人のひとりが岸崎らしいと分かったという。

「殺されたふたりの亡骸《なきがら》は」

「通りに亡骸を置いておけないのでな。高砂町《たかさごちょう》にある藩士の町宿《ちょうしゅく》に運んである」

川澄が、今村桑次郎《いまむらそうじろう》という書役《かきやく》の住む町宿だと言い添えた。

町宿は、藩邸に入れなくなった藩士が、市中の借家などに住むことである。川澄も、堀留町《ほりどめちょう》一丁目の町宿に住んでいる。

「行ってみるか」

茂兵衛は、殺されたふたりの体に残された刀傷を見たかった。下手人の腕のほどが分かるし、刀法も知れるかもしれない。

ただ、松之助を連れていくことはできないので、

「松之助は、長屋に残れ」

と、声をかけた。

「爺さま、剣術の稽古をしていいですか」

と、身を乗り出すようにして訊いた。

「真剣でなく、木刀ならやってもいいぞ」

茂兵衛が言った。松之助ひとりの稽古のときは、まだ真剣を遣わせたくなかったのだ。

「木刀でやります！」

松之助が声を上げた。

茂兵衛は松之助を長屋に残し、川澄たちとともに富沢町にむかった。三人は、大川端沿いの道から日光街道に出て南にむかい、神田川にかかる浅草橋を渡った。そして、日光街道を西にむかって歩くと、前方に浜町堀にかかる緑橋《みどりばし》が見えてきた。

茂兵衛たちが緑橋を渡ると、先にたって歩いていた川澄が、「こっちだ」と言って、堀沿いの道を南にむかった。茂兵衛は、川澄の後についていく。

浜町堀にかかる千鳥橋《ちどりばし》のたもとを過ぎて、いっとき歩くと、

「深井と林が殺されていたのは、栄橋の手前だ」

そう言って、川澄が前方を指差した。

栄橋が間近に見えた。茂兵衛たちの右手にひろがっている家並が、富沢町である。

川澄は栄橋の手前まで来ると、路傍に足をとめ、

「深井信介が殺されていたのは、ここだ」

と言って、岸際の地面を指差した。

地面にどす黒い血痕が残っていたが、わずかだった。ここは人通りが多いので、踏み消されてしまったのだろう。

「林四郎太は、そこ」

川澄が、三間ほど離れた地面を指差した。

そこに残された血痕は、さらに少なかった。岸際にわずかに残っているだけで、そう言われてみなければ、気付かないだろう。

「ここで、血の痕を見ても、何も分からないな」

茂兵衛が言った。

「死骸《ほとけ》を見てみるか。今村の住む高砂町まで遠くないぞ」

川澄が、茂兵衛と村越に目をやって訊いた。

高砂町は、富沢町の隣り町だった。やはり、浜町堀沿いにある町である。

「案内《あない》してくれ」

茂兵衛も、ふたりの死骸を見てみたかった。

3

今村の住む町宿は高砂町の表通りから路地に入り、二町ほど歩いた先にあった。古い借家ふうの建物である。

川澄が家の戸口に立って、しまっていた板戸をたたき、

「今村、いるか。川澄だ」

と、声をかけた。

すると、板戸の向こうで、土間に下りる足音がし、「いま、あける」と声がし、板戸があいた。

姿を見せたのは、三十がらみと思われる痩身の武士だった。武士は、茂兵衛を見て戸惑うような顔をした。初めて見る顔だったからだろう。

「伊丹茂兵衛どのだ」

川澄が茂兵衛を紹介すると、

「伊丹茂兵衛でござる」

茂兵衛が、あらためて名乗った。

「伊丹どのでござるか。それがしは、書役の今村桑次郎です」

どうやら、今村は川澄たちから茂兵衛のことを聞いていたらしい。

「ここに、運ばれた深井と林の亡骸《なきがら》を見てみたいのだが」

川澄が言った。

「家の前は人通りがあるので、裏手に安置してあります」

今村は戸口から出てくると、「こちらです」と言って、茂兵衛たちを家の脇を通って裏手に案内した。

家の裏手に、狭い空き地があった。そこに何枚かの筵《むしろ》が敷かれ、ふたりの死体が横たわっていた。

茂兵衛は、まず手前に置かれていた亡骸を見た。

「深井どのです」

今村が小声で言った。

「袈裟か」

茂兵衛がつぶやいた。深井は肩から胸にかけて袈裟に一太刀で仕留められていた。

下手人は手練《てだれ》とみていい。傷だけでは断定できないが、深井を斬ったのは岸崎虎之助かもしれない。

茂兵衛は、深井の先に置かれていたもうひとりの亡骸に近付いた。

「か、顔を斬られているのが、林四郎太どのです」

今村が、声をつまらせて言った。

「これは！」

思わず、茂兵衛は息を呑《の》んだ。

凄絶《せいぜつ》な死に顔だった。林は頭を深く斬り割られていた。頭部が柘榴《ざくろ》のようにひらき、割れた頭蓋骨《ずがいこつ》が、白く覗《のぞ》いていた。赭黒《あかぐろ》く血に染まった顔から、見開いた両眼と、あんぐりあけた口から覗く前歯が、白く浮き上がっているように見えた。

「真っ向へ一太刀か！」

それにしても、凄《すさ》まじい剛剣だ、と茂兵衛は思った。

「林を斬ったのは、剛村桑兵衛《ごうむらそうべえ》かもしれぬ」

川澄が言った。いつになく厳しい顔をしている。

「剛村という男は」

茂兵衛が訊いた。

「岸崎と同じ普請方の藩士のはずだ。雲仙流の遣い手で、数年前までは郷士だったと聞いている」

川澄はそう言った後、

「剛村は、岩砕《いわくだ》きと称する剛剣を遣うと聞いたことがある」

と、言い添えた。

「岩砕きとな」

茂兵衛が、身を乗り出すようにして訊いた。

「長刀を遣い、真っ向から相手の頭を斬り割るそうだ」

「林どのを斬ったのは、剛村という男だな」

林は、剛村の遣う岩砕きの太刀で、頭を斬り割られたのだろう、と茂兵衛はみた。

次に口をひらく者がなく、辺りは重苦しい静寂につつまれていた。空き地の雑草だけが、知らぬげに風にそよいでいる。

「剛村は、国元から江戸に出てきたのか」

茂兵衛が訊いた。

「前から、剛村が出府《しゅっぷ》するとの噂《うわさ》があったが、林が岩砕きの太刀で斬られたとすれば、江戸に出たとみなければなるまい」

「剛村は江戸に出て岸崎と会い、ふたりで下目付の深井どのと林どのを襲ったことになるな」

茂兵衛が言った。

「厄介なことになった」

川澄が顔をしかめた。

茂兵衛も胸の内で、岸崎を討つのが難しくなった、と思った。倅夫婦の敵を討つためには、剛村も討たねばならないだろう。

茂兵衛は、いっとき虚空を睨《にら》むように見すえていたが、

「殺された深井どのと林どのは、何の用で富沢町に来ていたのだ」

と、声をあらためて訊いた。

「藩士のなかに、岸崎の姿を千鳥橋の近くで見かけたという者がいてな。それで、岸崎の隠れ家が付近にあるとみて、様子を探りに来ていたのだ」

川澄がそう言うと、これまで黙って茂兵衛と川澄のやり取りを聞いていた村越が、

「深井と林が、栄橋の近くで、岸崎と剛村に襲われて殺されたことからみて、ふたりの隠れ家は富沢町にあるのではないか」

と、口を挟んだ。

「そうかもしれん」

茂兵衛も、岸崎の隠れ家は富沢町にあるような気がした。ただ、富沢町はひろい町だった。隠れ家をつきとめるのは、容易ではないだろう。

「今村、ここは富沢町の隣り町だ。岸崎の姿を見かけたことはないのか」

川澄が訊いた。

「おれは、まだ岸崎の顔を見たことがないのだ」

今村が、困惑したような顔をして言った。

4

「松之助、もうひとつ、食え」

茂兵衛が、皿に残った握りめしを松之助の膝先に置いた。

今朝、めずらしく茂兵衛はめしを炊いた。ただ、汁も菜も用意できなかったので、握りめしにしたのだ。

茂兵衛と松之助が、握りめしをふたつずつ食い、ひとつだけ残った。残ったといっても、茂兵衛は最初から松之助に三つ食わせるために、五つ握ったのだ。

「爺さま、半分ずつにしましょう」

すぐに、松之助は握りめしを半分にした。そして、半分の握りめしを手にして頬張り始めた。

「これは、わしの分か」

茂兵衛は、皿に残った握りめしの半分を手にした。

茂兵衛が握りめしを食べ終えたとき、戸口に近付いてくる足音がし、

「旦那、いやすか」

と、腰高障子のむこうで、弥助《やすけ》の声がした。

弥助は福多屋《ふくたや》という口入《くちい》れ屋の奉公人だった。口入れ屋は、奉公人を雇う側と雇われる側の間にたって世話をし、双方から金銭を得る商売である。福多屋は、奉公人の世話だけでなく、普請場や桟橋の荷揚げなどの力仕事も斡旋《あっせん》していた。

茂兵衛と松之助は長屋暮らしだが、生きていくためには金がいる。そのため、茂兵衛は福多屋に出かけて仕事の世話をしてもらっていたのだ。

「弥助か、入れ」

茂兵衛が声をかけた。

すると、腰高障子があいて、弥助が姿を見せた。

「旦那、仕事ですぜ」

弥助が、座敷にいる茂兵衛に目をやって言った。

「富蔵《とみぞう》から話があったのか」

茂兵衛が訊いた。富蔵は、福多屋のあるじである。

「へい」

弥助がうなずいた。

「ならば、行かねばならんな」

茂兵衛は、ただの仕事ではない、と思った。福多屋のあるじから直接呼び出しがあるのは、特別な仕事のときだけである。

「松之助、長屋にいろ。すぐにもどる」

茂兵衛はそう言って、土間へ下りた。

福多屋は駒形堂《こまがたどう》の近くにあった。庄右衛門店を出て、大川沿いの道をすこし歩けば、福多屋に着ける。

先にたった弥助が、福多屋の戸口の腰高障子をあけた。店に入ると、正面に帳場があり、そこに富蔵の姿があった。

富蔵は店に入ってきた茂兵衛と弥助の姿を目にすると、

「伊丹さま、お呼びたてして申し訳ありません」

そう言って、満面に笑みを浮かべた。

富蔵は、還暦にちかい老齢だった。ふっくらした丸顔で、いつも笑っているような顔をしていた。恵比須《えびす》を思わせるようなふくよかな顔である。福多屋の屋号は、福を多くという願いもあるが、福々しい富蔵の顔からきたともいえる。

「富蔵、仕事か」

茂兵衛が訊いた。

「奥でお話ししたいのですが」

富蔵が小声で言った。顔の笑みが消えていた。茂兵衛にむけられた細い目に、強いひかりが宿っている。

富蔵が茂兵衛に奥で話したいというときは、口入れ屋の仕事ではなかった。他人の耳に入れたくない特別な仕事を頼むときだけ、奥の小座敷に通したのである。

茂兵衛は無言でうなずくと、富蔵につづいて奥にむかった。そばにいた弥助も話にくわわるらしく、茂兵衛の後についてきた。

富蔵は茂兵衛と弥助が腰を下ろすのを待って、

「伊丹さま、お孫さんと剣術の稽古をつづけておられるようですね」

と、小声で言った。

富蔵は、茂兵衛と孫の松之助が、両親の敵を討つために長屋のそばの空き地で、剣術の稽古をつづけていることを知っていた。

「敵を討つまでは、稽古をつづけるつもりだ」

茂兵衛が言った。

「伊丹さまの手を、お借りできますかね」

「話によるな」

茂兵衛は仕事が長期にわたったり、江戸を離れたりするような仕事なら断わろうと思っていた。金になるいい仕事であっても、いまは敵を討つことの方が大事である。

「門前通りに、繁松屋《しげまつや》という料理屋があるのを御存じですか」

富蔵が訊いた。

浅草寺の門前通りは、いつも参詣《さんけい》客や遊《ゆ》山《さん》客で賑《にぎ》わっていた。通り沿いには、料理屋、料理茶屋、置屋《おきや》などが軒をつらねている。

「知らぬな」

茂兵衛は、料理屋にあまり縁がなかったのだ。

「繁松屋は門前通りにある料理屋のなかでも大きな店ですので、行けばすぐに分かります」

「仕事は、その料理屋の依頼か」

「そうです。一昨日、店の主人《あるじ》の稲兵衛《とうべえ》さんが、ここにみえましてね。ちかごろ、ならず者に脅されて、困っているそうです」

「ならず者にな」

茂兵衛は、たいした仕事ではないと思った。

「それが、ならず者はひとりではないようでしてね。店の若い衆も、怖がって手が出せないそうです」

「柳村《やなぎむら》にも、話したのか」

福多屋には、茂兵衛と同じように特別な仕事を引き受けている柳村練三郎《れんざぶろう》という男がいた。

柳村は御家人《ごけにん》の家に生まれたが、冷や飯食いで、いまは家を出ていた。茂兵衛と同じように福多屋に出入りして、口を糊《のり》している。

柳村は柳生新陰流《やぎゅうしんかげりゅう》の遣い手だった。若いころ、剣で身を立てようと思い、尾張《おわり》に出かけて柳生新陰流の修業をしたらしい。そして、江戸にもどったが、仕官の道はなかった。それに、江戸で剣術の道場をひらくだけの金もない。仕方なく、牢人《ろうにん》暮らしを始めたのだが、何かをして金を稼がないと生きていけない。それで、福多屋に出入りするようになったのだ。いまは、福多屋の近くの借家におしのという年増といっしょに住んでいる。

「柳村さまにも、お話ししました」

富蔵が言った。

「それで、柳村は承知したのか」

「承知していただきました。柳村さまは、できれば伊丹さまとごいっしょに繁松屋さんの仕事にあたりたいとおっしゃっていました」

「それなら、わしもやろう」

「さっそく、柳村さまにお話しします。依頼金は二百両でございます。それに、始末がつきましたら、礼金として百両包むそうです」

　富蔵が声をひそめて言った。

「大金だな」

　こうした仕事は命懸けなので、他の仕事とちがって高額なのだ。茂兵衛は、ならず者を追い払う程度の仕事なら百両がいいところだとみていたのだ。

「どうでしょうか。伊丹さまと柳村さまが七十両ずつで、てまえと弥助が三十両ずつということで」

　富蔵が言うと、脇で話を聞いていた弥助がうなずいた。

「いいのか、それで」

茂兵衛が、富蔵と弥助に目をやって訊いた。

「危ない橋を渡るのは伊丹さまと柳村さまですから、三十両でも多いくらいです。礼金は、いただいてから考えましょう」

富蔵が、笑みを浮かべて言った。

5

翌日、茂兵衛が松之助と剣術の稽古を終えて長屋にもどり、井戸端で水を飲んでいると、柳村と弥助が姿を見せた。

「稽古を終えたのか」

柳村が茂兵衛に訊いた。

柳村は三十がらみ、鼻筋のとおった端整な顔立ちをしていた。ただ、顔にはいつも物憂げな表情があった。長い牢人暮らしのせいであろう。

「ああ。これから長屋で一休みしようと思っていたところだ」

茂兵衛が言った。

「富蔵から話を聞いたそうだな」

「ああ、聞いた」

茂兵衛はそう言うと、脇に立っていた松之助に、先に家に帰るよううながした。松之助には、聞かせたくなかったのだ。

松之助がその場を離れると、

「おしのから聞いたのだがな。……繁松屋は、ならず者たちに脅されてだいぶ困っているようだ」

と、柳村が声をひそめて言った。

柳村の同棲しているおしのは、浅草並木町《なみきちよう》の料理屋の女中をしていた。繁松屋の噂も、耳にしていたのだろう。

「ともかく、繁松屋に行って様子を訊いてみるか」

茂兵衛は、店の主人に話を聞いて、どう対応するか決めようと思った。

「それがいいな」

話はすぐにまとまり、茂兵衛、柳村、弥助の三人で浅草並木町にむかった。

並木町の門前通りは、参詣客や遊山客などで賑わっていた。通り沿いにある料理屋や料理茶屋などからは、客の談笑の声や綺麗どころの嬌声《きょうせい》、三味線の音などがさんざめくように聞こえてきた。

門前通りをしばらく歩いたところで、弥助が足をとめ、

「その店ですぜ」

と言って、通り沿いにある大きな料理屋を指差した。

二階建ての店で、二階にも座敷がいくつもあるようだった。客が入っているらしく、座敷から賑やかな声が聞こえてきた。店の入口の掛け行灯《あんどん》に、「御料理　繁松屋」と記してある。

茂兵衛が言うと、

「店に入って、話を聞いてみるか」

「あっしは、近所で聞き込んでみやす」

すぐに、弥助は繁松屋の店先から離れた。

茂兵衛と柳村は、入口の格子戸をあけて店に入った。土間の先が板間になっていて、その先に障子がたててあった。帳場になっているのであろうか。左手に廊下と二階に上がる階段があった。客を入れる座敷は、廊下沿いにあるらしい。

正面の障子があいて、年増が顔を出した。年増は、すぐに茂兵衛と柳村の前に来て座し、

「いらっしゃいませ」

と言って、頭を下げた。

「女将《おかみ》か」

茂兵衛が訊いた。

「はい、清乃《きよの》でございます」

そう名乗って、女将はあらためて頭を下げた。

「わしらふたりは、この店の主人の稲兵衛さんに頼まれ、福多屋から来た。稲兵衛さんに、そう伝えてもらいたい」

茂兵衛が言った。

「お待ちください。すぐに、主人に伝えます」

清乃は慌てた様子で立ち上がり、すぐに奥にむかった。

待つまでもなく、廊下を忙《せわ》しなげに歩く足音がし、細縞《ほそじま》の小袖《こそで》に羽織姿の男が姿を見せた。四十がらみであろうか。面長で、ほっそりした体軀《たいく》だった。

男は茂兵衛たちの前に座ると、

「稲兵衛でございます」

と名乗り、あらためて茂兵衛と柳村に頭を下げた後、

「お上がりになってください。奥で、お話しいたします」

と言って、茂兵衛と柳村を板間に上げた。

稲兵衛は、茂兵衛たちを帳場の奥にある小座敷に通した。そこは客を入れる座敷ではなく、店の女中たちや女将などが打ち合わせをしたり、手荷物を置いたりするところらしかった。店の一階には、茂兵衛たちと話すのに適した座敷はないのだろう。

「このような狭苦しい座敷で、申し訳ありません」

稲兵衛は、そう言った後、「ならず者に、脅されて困っております。……お助けください」と言って、あらためて茂兵衛たちに頭を下げた。

「話してくれ」

茂兵衛が言った。

「実は、三月《みつき》ほど前、権造《ごんぞう》というならず者が、てまえの店の若い衆に店の前で撒《ま》き

水をかけられたと因縁をつけて、一両出せと脅したのです」

稲兵衛によると、店をあけてすぐ、若い衆が砂埃《すなぼこり》がたたないように水撒きをしていたという。

「それで、どうした」

茂兵衛が、話の先をうながした。

「てまえは、一両だけなら、と思い、権造に一両渡したのです。ところが、翌日も翌々日も、水がかかった、客を送り出した女中の肩が当たった、二階で騒いでいる客がうるさい、などと些細《ささい》なことで因縁をつけ、二両出せ、三両出せと脅すようになったのです」

「断わらなかったのか」

「断わりました。すると、権造は何人も仲間を連れてきて、店の前で騒いで客を入れさせなかったり、店の中まで入ってきて障子を破ったりするようになりました。しかたなく、要求されたとおり、二両、三両と渡していたのですが……」

そう言って、稲兵衛は口をつぐんだ後、

「なかなか手を引こうとしないので、福多屋さんにお頼みしたのです」

と言って、茂兵衛と柳村に縋《すが》るような目をむけた。

「権造たちを追い払い、二度と店に来ないようにすればいいんだな」

茂兵衛が言った。

「はい」

「引き受けよう」

茂兵衛が言うと、柳村もちいさくうなずいた。

6

茂兵衛と柳村は、店の入口に近い帳場で待機することになった。権造たちが姿を見せたら、店から追い出すとともに、二度と手を出さないように痛い目に遭わせるつもりだった。弥助は店の近くで、通りに目を配っていた。権造たちを目にしたら、知らせに来るてはずである。

茂兵衛と柳村は、店で出された茶を呑みながら、権造たちが店に来るのを待っていた。ふたりがその場に待機して、一刻《いっとき》(二時間)ほど経《た》ったろうか。廊下を慌ただしく歩く足音がし、座敷の障子があいて弥助が顔を出した。

「それらしいのが、来やしたぜ」

弥助が昂《たかぶ》った声で言った。

「何人だ」

茂兵衛は、脇に置いてあった大刀を手にして訊いた。

「三人でさァ」

「武士はいないな」

「三人とも、遊び人ふうで」

「よし、店の前で痛め付けてやろう」

茂兵衛は、店のなかでやり合うと、入口近くの装飾品や建具などが損壊するとみたのである。

茂兵衛と柳村は帳場から出ると、店の入口近くで待機した。弥助は入口の脇で、権造たちに目を配っている。

店の女将や女中、それに稲兵衛も権造たちが店に来ることに気付き、帳場付近に身を隠していた。

茂兵衛たちがその場に来て間もなく、入口の格子戸があいて弥助が顔を出し、

「三人、来やす！」

そう声をかけ、すぐに店の外に出た。弥助は権造たちの様子を見て、跡を尾《つ》けることになっていたのだ。

弥助が店から出て間もなく、入口の格子戸があいて、三人の男が踏み込んできた。

「店の主人はいるか！」

赤ら顔の男が、怒鳴った。遊び人ふうで、大柄な体軀だった。

茂兵衛と柳村が、土間近くの板間に出て、

「何か用か」

と、茂兵衛が訊いた。

「な、なんだ、てめえらは」

赤ら顔の男が前に立った茂兵衛と柳村を見て、驚いたような顔をした。他のふたりも、茂兵衛たちを見て目を剝《む》いた。いきなり、ふたりの武士が目の前に立ったからだろう。

「店の者だが、おまえたちは客ではないな」

茂兵衛が言った。

「やろう！　店の者に頼まれたな」

赤ら顔の男が目をつり上げて、懐《ふところ》に手をつっ込んだ。匕首《あいくち》を呑んでいるようだ。

「待て！　ここでやり合ったら、三人とも首が飛ぶぞ」

茂兵衛が言った。

「なに……」

赤ら顔の男が、戸惑うような表情を浮かべた。

「ここには、身を引く場があるまい。それとも、わしらふたりを、この場で相手にするか」

茂兵衛は店内を破損したくなかったので、三人を外に連れ出そうとしたのだ。

すると、赤ら顔の男の脇にいた面長の男が、

「権造兄い、この場じゃァ、動きまわれねえ」

と、声をかけた。どうやら赤ら顔の男が、権造らしい。

「よし、表で、こいつらを殺《や》っちまおう」

権造が言い、先に入口から外に出た。

すぐに、ふたりの男が権造につづいた。表通りは賑わっていた。参詣客や遊山客が行き交っている。その場を通りかかった者たちは、突然、繁松屋の店先から飛び出してきた三人の男を見て、慌ててその場を離れた。悲鳴を上げて逃げだした女もいる。

茂兵衛と柳村は、繁松屋の店の前から離れて抜刀した。権造たち三人は、懐から匕首を取り出し、茂兵衛と柳村を取り囲むように立った。三人とも目が血走り、手にした匕首が震えている。

茂兵衛は権造の前に立ち、

「怖いのか。手が震えているぞ」

と、挑発するように言った。

「やろう！　殺してやる」

叫びざま、権造は手にした匕首を顎《あご》の前にとり、体ごとつっ込んできた。そして、茂兵衛に迫ると、手にした匕首を突き出した。

一瞬、茂兵衛は右手に踏み込みざま、刀身を袈裟に払った。

権造の匕首は、茂兵衛の肩先をかすめて空を突き、茂兵衛の手にした刀の切っ先は、権造の右袖を斬り裂いた。

ギャッ！　と悲鳴を上げ、権造は前によろめいた。右腕がダラリと垂れ下がり、裂けた袖が血に染まっている。

茂兵衛の動きは、それでとまらなかった。すばやい動きで権造の前に立つと、切っ先を喉元《のどもと》に突き付け、

「次は、首を落とす！」

と声を上げ、大きく振りかぶった。

ヒイイッ！

権造は喉を裂かれるような悲鳴を上げ、慌てて身を引いた。

茂兵衛は、刀を振りかぶったまま動かなかった。権造に逃げる間を与えたのだ。

権造は茂兵衛との間があくと、反転して走りだした。その場から逃げたのである。

このとき、面長の男は柳村の前に立って匕首を構えていたが、権造が逃げたのを目にすると、慌てて後ずさり、権造の後を追って走りだした。もうひとりの男も、匕首を手にしたまま、逃げるふたりの後を追った。

茂兵衛と柳村は、逃げる三人の後を追わなかった。当初から、すこし痛め付けて

店から追い払うつもりだったのだ。

一方、繁松屋の脇で、茂兵衛たちの闘いの様子を見ていた弥助は、逃げる三人の跡を尾けた。行き先だけ確かめようとしたのである。

茂兵衛と柳村が店の帳場にもどり、稲兵衛に権造たちを追い払ったことを話しているところに、弥助がもどってきた。

弥助は茂兵衛の脇に腰を下ろし、

「権造は、材木町《ざいもくちょう》の長屋に入《へえ》りやした」

と、報告した。他のふたりは、権造が材木町に入る前に別れたので、行き先は分からないという。

「案ずることはない。権造は、しばらく浅草の町を歩くことはできまい」

茂兵衛が言うと、稲兵衛はほっとした顔をした。

7

「松之助、剣術の稽古に行くぞ」

茂兵衛が、手にした茶碗を箱膳《はこぜん》の上に置いて言った。茂兵衛と松之助は、朝餉《あさげ》を終えたところだった。

「はい！」

松之助は嬉《うれ》しそうな顔をした。

ここ三日、茂兵衛と松之助は剣術の稽古をしていなかった。茂兵衛は繁松屋に出かけていたし、雨の日もあったからだ。

茂兵衛が膳を片付けていると、戸口に近付いてくる足音がした。足音は腰高障子の向こうでとまり、

「伊丹どの、いるか」

と、川澄の声がした。

「入ってくれ」

茂兵衛が言うと、すぐに腰高障子があいた。

姿を見せたのは、川澄と村越である。何か急用があって、長屋まで足を運んできたらしい。

「上がってくれ」

茂兵衛は、ふたりを座敷に上げようとした。

「いや、ここでいい。今日は、用件を伝えるだけなのでな」

川澄がそう言い、ふたりは上がり框《かまち》に腰を下ろした。

「何かあったのか」

茂兵衛が訊いた。

「いや、何かあったわけではない。国元から目付の大内登三郎《おおうちとうざぶろう》どのが藩邸に見えてな。色々話があるらしい」

「大内どのな」

茂兵衛は大内の名を聞いていたが、会ったことはなかった。

「大内どのは、国元の様子を伝えるために出府したらしい。それで、鳴海《なるみ》さまに呼ばれ、伊丹どのもいっしょに話を聞くのがよかろう、声をかけてくれ、と仰《おお》せつかり、こうして知らせに来たのだ」

「それはありがたい。藩邸に行けばいいのか」

鳴海精左衛門《せいざえもん》は、江戸詰の年寄《としより》だった。亀沢藩の場合、年寄は家老に次ぐ重職である。鳴海は茂兵衛と松之助が国元から江戸に出てきたおり、藩邸で茂兵衛たちと会い、ふたりの無念さを知って色々助言し、相応の手当てを渡してくれたのだ。

「いや、水谷町の福屋《ふくや》まで来てもらいたい」

川澄が言った。

「いつ、伺えばいい」

茂兵衛は、福屋を知っていた。料理屋である。以前、鳴海に呼ばれて会ったときも、福屋だったのだ。

「明後日、八ツ半（午後三時）ごろだそうだ。そのとき、大内どのも見えるはずだ」

「承知した」

茂兵衛はそう応えた後、

「ところで、岸崎と剛村の隠れ家は知れたのか」

と、声をあらためて訊いた。川澄たちは、岸崎たちの隠れ家を探っていたはずだ。

「それが、まだなのだ」

川澄が肩を落として言った。

川澄と村越が話したことによると、何人かの下目付が探ったが、富沢町はひろいので、なかなか隠れ家がつきとめられないという。

「ただ、手がないわけではない」

川澄が言った。

「手とは」

「藩邸に、国元で雲仙流を身につけた先手組の者がいる。矢沢練太郎《やざわれんたろう》という男なのだが、岸崎たちと接触している節があるのだ」

川澄によると、矢沢はときどき藩邸を抜け出し、外で何者かと会っている節があるという。

「富沢町を探るだけでなく、矢沢の動きにも目を配っているのだ」

川澄が言い添えた。

「いずれにしろ、岸崎の居所が分かったら知らせてくれ」

茂兵衛と松之助にとって、倅夫婦であり、父母であるふたりを殺した岸崎を討つことが何よりも大事だった。

それからいっとき、藩邸内や国元のことなどを話してから川澄と村越は腰を上げた。ふたりが戸口の腰高障子をあけて出ていき、その足音が遠ざかると、

「爺さま、剣術の稽古をしとうございます」

松之助が声高に言った。

「よし、やろう」

茂兵衛は、座敷の隅に置いてあった刀を手にした。

松之助も自分の刀を摑んで、茂兵衛につづいて外に出た。長屋はひっそりしていた。長屋は、いまごろが一日のうちでもっとも静かなときだった。男たちは仕事に出た後で、女房たちは朝めしの後片付けを済ませて一休みしているころである。

茂兵衛と松之助は、稽古場にしている空き地に立つと、すぐに身支度を始めた。

松之助は袴《はかま》の股立《ももだち》を取り、襷《たすき》で両袖を絞ったが、茂兵衛は袴の股立を取っただけである。

「爺さま、真剣ですか」

松之助が訊いた。

「そうだ」

茂兵衛は、敵である岸崎を討つために真剣を遣った稽古をつづけるつもりだった。

「まず、素振りからだ」

「はい」

ふたりは、真剣を遣って素振りを始めた。そして、体が暖まり、顔が紅潮してきたころ、

「松之助、次は斬り込みの稽古だ」

茂兵衛が声をかけた。

「はい！」

と松之助は応え、すぐに、茂兵衛から三間ほど離れて立ち、真剣を青眼に構えた。岸崎が立っている場所を想定し、斬り込む稽古をするのだ。

「松之助、わしが、斬り込めと声をかけるまで、動くな」

「はい！」

松之助は見えない敵の岸崎にむかい、青眼に構えた切っ先をむけた。

8

茂兵衛は京橋を渡ると、京橋川沿いの道を東にむかった。そして、真福寺橋《しんぷくじばし》の近

くまで来ると、道沿いにある料理屋の前で足をとめた。福屋である。

茂兵衛は福屋の二階に目をやってから、暖簾《のれん》をくぐった。鳴海たちは、二階の座敷を使うことが多かったのだ。

茂兵衛が店に入ると、すぐに女将が顔を出し、茂兵衛の前に端座してから、

「伊丹さまですか、お待ちしておりました」

と、声をかけた。

「鳴海さまたちは、お見えか」

茂兵衛が小声で訊いた。

「さきほど、お見えです」

「すぐに、案内してくれ」

茂兵衛は、もうすこし早く来ればよかった、と思ったが、どうにもならない。

女将が茂兵衛を連れていったのは、二階の座敷だった。以前、鳴海たちと会ったのもその座敷である。

座敷に入ると、五人の武士が座していた。正面に、年寄の鳴海、その脇に大目付の高島登右衛門《たかしまとうえもん》、右手には、見知らぬ武士の姿があった。おそらく、国元から出府

した大内登三郎であろう。そして、左手に川澄と村越が畏《かしこ》まって座っていた。

茂兵衛は座敷に入ると、すぐに座し、

「伊丹茂兵衛でございます。遅くなりまして、申し訳ございません」

と言って、深々と頭を下げた。

「伊丹、そう固くなるな。わしらも、いま来たばかりだ」

鳴海が笑みを浮かべて言い、右手の座布団の置かれている場に座るよう手をむけた。

鳴海は初老だった。茂兵衛と同じ年ごろかもしれない。痩身で、華奢な体付きだった。鬢《びん》や髷《まげ》は白髪混じりである。それでも、覇気が感じられた。江戸の地で、藩政を支えている自覚があるからだろう。

茂兵衛が座して、いっときすると、女将と女中が酒肴《しゅこう》の膳を運んできた。

「まずは、喉を潤してからだな」

そう言って、鳴海が猪口《ちょこ》を手にすると、すぐに脇に座していた高島が銚子を手にして酒を注いだ。

その場にいた男たちが酒を注ぎ合って、いっとき飲んだ後、

「今日はな、国元から来た大内の話を聞くために、ここに集まってもらったのだ」

鳴海が、一同に目をやって言った。

「実は、国元で殺害された勘定奉行の伊丹恭之助どのと妻女のふさどのの件と、われらが探った事件とがかかわりがあるとみて、まず鳴海さまや高島さまにお話しするつもりで、江戸へ参ったのです」

大内がそう話すと、

「それでな、どうせなら、伊丹や川澄たちにも聞いてもらおうと思い、ここに来てもらったのだ」

と、鳴海が言い添えた。

「伊丹どのとふさどのが殺害された後、国元の目付筋の者たちは、殺された伊丹どのや江戸へ逃げた下手人の岸崎と小柴の身辺を調べていたのです。まず、勘定奉行だった伊丹どのですが、そのころ鳴瀬川の堤防の普請に不正があったとみて、勘定方の者に、普請奉行の竹沢弥右衛門《たけざわやえもん》の身辺を調べさせていたようです」

静かだが、重いひびきのある声で大内が言った。

その場にいた茂兵衛たちは、酒を飲むのも忘れて大内に目をやっている。

「どんな不正か、分かるか」

鳴海が訊いた。

「まだ、確かな証《あかし》はございませんが、堤防の普請に使う石や材木などを水増しし、さらに普請にかかわった人足たちの人数も実際より多くして、浮かせた金で私腹を肥やしたようです」

「すると、浮かせた金は普請奉行の竹沢の懐に入ったのか」

「われらは、そうみております」

「勘定方の調べから逃れるために、竹沢の配下の岸崎と小柴が、不正を探っていた勘定奉行の伊丹どのを殺したわけだな。岸崎と小柴の背後には、普請奉行の竹沢がいるとみていいな」

それまで黙って聞いていた大目付の高島が、身を乗り出すようにして言った。

「岸崎と小柴が江戸へ逃げてきたのは、鳴瀬川の普請にかかわる不正から目を逸《そ》らすためでもあったのだろう」

鳴海が顔を厳しくして言い添えた。

次に口をひらく者がなく、座敷は重苦しい沈黙につつまれていたが、

「いま、江戸に残っているのは、岸崎虎之助だけです。わしらの手で、岸崎を討ち取ってもかまいませんか」

茂兵衛が訊いた。勘定奉行として堤防工事の不正を探っていた恭之助を斬殺した岸崎を討ち取ると、普請奉行の不正を探るのに支障をきたすのではないか、と茂兵衛は考えたのである。

「どうかな、大内」

鳴海が大内に目をやって訊いた。

鳴海は、茂兵衛たちが岸崎を討ち取ってもいいかどうかを大内に訊くためもあって、この場に茂兵衛を呼んだのかもしれない。

「かまいません。堤防の普請の不正で金を浮かせたことは、はっきりしております し、その金の大半が、普請奉行の竹沢の懐に入っていることも、普請にかかわった人足や他の普請方の者を調べれば、分かります」

大内が言った。

すると、鳴海はちいさくうなずいた後、

「伊丹、倅夫婦の敵である岸崎を討ち取ってもかまわんぞ」

と、茂兵衛に目をやって言った。

「鳴海さまのお心配り、それがしと孫の松之助ともども、終生忘れませぬ」

茂兵衛はそう言って、鳴海に深々と頭を下げた。

茂兵衛の脇にいた川澄と村越も、ほっとしたような顔をしている。ふたりの胸の内にも、茂兵衛と松之助のふたりに敵を討たせてやりたいという強い思いがあったのだ。

第二章　探索

1

「斬り込め！」

　茂兵衛が声を上げた。

　その声に弾《はじ》かれたように、茂兵衛の右手前で真剣を構えていた松之助が、エイッ！　と気合を発して真っ向へ斬り込んだ。

「いい踏み込みだ！」

　茂兵衛が、松之助に声をかけた。内心、すこし踏み込みが足りないとみたが、日に日に松之助の斬り込みは鋭くなっている。

「松之助、鍔《つば》の近くで岸崎を斬るつもりで踏み込むのだぞ」

「はい！」

松之助が声を上げ、ふたたび青眼に構えた。

茂兵衛と松之助は、庄右衛門店近くにいた。いつも、剣術の稽古をしている空き地である。

茂兵衛は手にした刀を青眼に構えると、一歩半踏み込み、対峙《たいじ》している脳裏に描いた岸崎にむかって斬り込んだ。

真っ向へ——。その切っ先を、脳裏に描いた立っている岸崎の頭の近くでとめ、

「腹を突け!」

と、声をかけた。

その声に弾かれたように、松之助は青眼に構えたまま踏み込み、

「父、母の敵!」

と、声を上げ、刀を突き出した。前に立っていると想定した岸崎の腹を突いたのだ。

「もうすこし、大きく踏み込め」

茂兵衛は、「いま、一手」と松之助に声をかけた。

松之助はすぐに後じさり、元の場所にもどるとまた青眼に構えた。

それから、茂兵衛と松之助の真剣を遣った稽古は、半刻（一時間）ほどもつづき、ふたりの顔を汗がつたい落ちるようになった。

そのとき、空き地に近付いてくる足音がした。茂兵衛が刀を下ろして目をやると、ふたりの武士の姿が見えた。川澄と村越である。ふたりは、小走りに近付いてくる。急いでいるようだ。

茂兵衛はふたりが近付いてくるのを待ち、

「何かあったのか」

と、すぐに訊いた。

「また、斬られた！」

川澄が顔をしかめて言った。

「だれが、斬られたのだ」

「下目付の鹿島勝之助《かしましょうのすけ》だ」

川澄によると、鹿島は富沢町で、岸崎と剛村の隠れ家を探っていたという。

「鹿島どのを斬ったのは、岸崎たちか」

茂兵衛が訊いた。

「剛村らしい。鹿島は頭を斬り割られていたからな」

「岩砕きの太刀か」

茂兵衛は、剛村が岩砕きと称する、相手の頭を斬り割る刀法を遣うことを知っていた。その岩砕きの太刀で斬られた者を目にしたことがあるからだ。

「まちがいない」

川澄が、厳しい顔をした。

「場所はどこだ」

茂兵衛は、鹿島が斬られた場所に行く気になった。

「富沢町だ」

川澄によると、鹿島が斬られたのは富沢町で、浜町堀にかかる栄橋からすこし西にむかった路地だという。

「いまも、鹿島どのの遺体は、そこにあるのか」

「あるはずだ」

川澄が、今村や目付筋の者が現場に集まっていることを言い添えた。

「行ってみよう」

そう言って、茂兵衛が手にした刀を鞘に納めると、脇で話を聞いていた松之助が、

「爺さま、私も行きます」

と、声高に言った。

茂兵衛はどうしようか迷ったが、

「川澄どのたちの邪魔になるようなら、その場で長屋に帰すぞ」

と、松之助を見すえて言った。

「爺さまの後ろにいます」

「それなら、ついてこい」

茂兵衛は胸の内で、真剣勝負の壮絶さを松之助に見せておく必要があるかもしれない、と思った。ただ、恐怖を抱かせるような斬殺死体なら別である。

茂兵衛と松之助は、川澄たちといっしょに富沢町にむかった。

浜町堀沿いの通りに出て、しばらく南に歩くと、前方に栄橋が見えてきた。堀沿いの右手にひろがっているのが、富沢町の家並である。

栄橋のたもとを過ぎて間もなく、先を行く川澄が右手の通りに入った。そこは、人通りが多く、道沿いには下駄屋、傘屋、八百屋など、暮らしに必要な品物を売る

店が並んでいた。

富沢町の通りをしばらく歩いてから、

「傘屋の脇の路地だ」

と川澄が言って、右手の路地に入った。

そこは細い路地で、仕舞屋《しもたや》や長屋などが目についた。雑草におおわれた空き地なども残されている。通りかかるのは、地元の住人が多いようだった。

その路地をいっとき歩くと、前方に人だかりができていた。通りすがりの町人が多いようだが、武士も何人か集まっていた。

「あそこだ」

川澄が言った。

集まっている者たちのなかに、今村と、顔を見知った目付筋の者たちの姿があった。数人いる。殺された鹿島は、今村たちの足元近くに横たわっているらしい。

2

茂兵衛たちが人だかりに近付くと、中にいた今村が振り返り、「川澄どのたちがみえた」と声を上げた。すると、その場にいた者たちが振り向き、近付いてくる茂兵衛たちを目にすると、左右に身を引いた。

茂兵衛たちは人垣を縫い、今村たち藩士のそばに近付いた。藩士らしい男は、今村のほかに四、五人いた。いずれも、蒼《あお》ざめた顔をしている。

今村の足元に、血に染まった武士体《てい》の男が横たわっていた。辺りに、どす黒い血が飛び散っている。

「岩砕きの太刀か！」

思わず、茂兵衛は声を上げた。

茂兵衛の後ろにいた松之助が脇に出て、死体を見ようとした。思わず、茂兵衛は松之助の肩を摑み、

「わしの後ろにいろ。藩士たちの邪魔になる」

と言って、死体の上半身が見える場から、松之助の身を脇に引かせた。無惨な死体だった。茂兵衛は、松之助が無惨な死体を見て恐怖を覚え、敵の岸崎に刀をむけられなくなるのを恐れたのだ。

それでも、松之助は茂兵衛の脇から死体を覗いた。ただ、頭を斬り割られた無惨な死に顔は見えないはずだ。

「鹿島だ」

川澄が眉を寄せ、つぶやくような声で言った。

「斬ったのは、剛村に間違いないな」

そう言って、茂兵衛は松之助を連れて、その場から身を引いた。鹿島の無惨な死体を見ていても、どうにもならないのだ。

茂兵衛が人だかりから身を引くと、川澄と村越、それに今村が近寄ってきた。

「鹿島は、この辺りに岸崎と剛村が身をひそめているとみて、探っていたようだ」

村越が言った。村越も下目付だったので、同じ下目付の鹿島の動きを知っていたのだろう。

「返り討ちに遭ったわけか」

茂兵衛は、この辺りに岸崎と剛村の隠れ家があるのではないかとみた。

「おれは、ここに集まっている目付筋の者たちと、岸崎たちの隠れ家を探ってみる。借家か長屋だろうが、武士がふたり住んでいる家は、そう多くはないはずだ」

そう言い残し、村越はその場を離れた。

村越は人だかりのそばにいる目付筋の者たちのところに足を運び、何やら話していた。おそらく、岸崎と剛村の住む家を探すための聞き込みにあたる相談であろう。

「わしらは、どうする」

茂兵衛が、川澄に訊いた。

「聞き込みにあたる前に、鹿島の遺体を何とかしないとな」

川澄は、村越たちが戻るまで、鹿島の遺体を人目につかない場所に引き込んでおきたいと話した。

「そうだな」

茂兵衛は松之助をその場に残し、川澄とふたりで横たわっている鹿島のそばに行った。

茂兵衛と川澄は、路地からすこし入った場所で枝葉を茂らせていた椿《つばき》を目にし、その樹影に鹿島の死体を運んだ。人通りのある路地に、無惨な死体を放置しておけなかったのだ。

「村越たちが戻ってきたら、辻駕籠《つじかご》を呼んで、鹿島の遺体を藩邸まで運ぶつもりだ」

川澄が言った。

茂兵衛と川澄は鹿島の亡骸を始末した後、鹿島が殺されていた近くで聞き込みにあたることにした。

茂兵衛は松之助を連れて路地を歩き、近所の住人らしい者や目についた店に立ち寄って話を訊いたが、岸崎と剛村が住んでいるであろう家を聞き出すことはできなかった。途中、聞き込みにあたっていたふたりの目付筋の者と顔を合わせて話したが、何の収穫もないようだった。

茂兵衛はそれから半刻（一時間）ほど聞き込みにあたり、陽が西の空にまわったのを見て、鹿島が殺された現場にもどった。

現場には、川澄と村越、それに聞き込みにあたった目付筋の者たちがもどっていた。どの顔も、表情は暗かった。

茂兵衛が川澄に身を寄せて、

「何か、つかめたか」

と、小声で訊いた。

「駄目だ。岸崎と剛村の居所はつかめない」

川澄はそう言った後、茂兵衛に身を寄せ、

「気になることがあるのだ」

と、声をひそめて言った。他の藩士たちに聞こえないように気を遣ったらしい。

「何だ」

茂兵衛も、声をひそめた。

「目付筋の者たちの動きが鈍いのだ。聞き込みにあたった者たちは、この場からあまり離れなかったようだし、ひとりでなく何人かでいっしょに動いたらしい」

「うむ……」

言われてみれば、茂兵衛が顔を合わせた目付筋の者もふたりいっしょだった。それに、鹿島が殺された現場近くである。

「鹿島は、岸崎たちの隠れ家近くを探っていたために、殺されたのではないかもしれんぞ」

川澄が顔を厳しくして言った。

「どういうことだ」

「逆に、岸崎たちは、この近くに隠れ家があると目付たちに思わせ、おびきだして殺したのではないかな。そして、無惨な殺し方をして、おれたちに手を出せば、こうなると見せつけたのかもしれんぞ」

川澄は声をひそめて言ったが、昂《たかぶ》ったひびきがあった。

「そうか。……確かに、目付筋の者たちは、この場からあまり離れなかったようだ。それに、ひとりでなく、ふたりいっしょに聞き込みにあたっていたな」

茂兵衛は、途中で見かけた目付筋の者たちを思い出して言った。

「これからも、岸崎たちは、探索にあたる者たちを襲うぞ」

川澄が、茂兵衛に身を寄せて言った。

「うむ……」

探索にあたった目付筋の者が、さらに殺されるようなことになれば、岸崎たちの居所をつきとめるどころか、探索に当たることさえ尻込みするようになる、と茂兵衛はみた。それが、岸崎たちの狙いであろう。

3

その日、茂兵衛、松之助、川澄、村越の四人は、日本橋堀留町にむかっていた。堀留町一丁目に、川澄の住む町宿があったのだ。

富沢町から堀留町までそれほど遠くなかった。それで、川澄の家に立ち寄って、今後のことを相談することになったのだ。相談するといっても、茂兵衛は松之助がいっしょなので、すぐ帰るつもりだった。

借家に着くと、茂兵衛は松之助に、借家の裏手で真剣の素振りをしているように言った。川澄たちの話を松之助に聞かせたくなかったのである。

茂兵衛たち三人が、座敷に腰を下ろすと、

「茶は出せんぞ」

川澄が言った。

「茶はいい。それより、岸崎と剛村のことだ。これで探索の手を緩めれば、ふたりの思う壺《つぼ》だぞ」

茂兵衛は胸の内で、何か手を打たねばならないと思っていた。

「何かいい手はないか」

村越が、つぶやくような声で言った。

「腕がたつといっても、相手は岸崎と剛村だけだ。居所さえ分かれば、わしの知り合いの柳村の手を借りてもいい。ここにいる三人に柳村をくわえれば、岸崎と剛村を討つことができよう」

茂兵衛は、倅夫婦の敵の岸崎だけは自分と松之助の手で討つつもりだった。そういう状況になれば、川澄と村越、それに柳村の三人で、剛村を討つことができる。

「柳村どのの手を借りられるか」

川澄が訊いた。

川澄と村越は、柳村のことを知っていた。ただ、知っているのは腕のたつ牢人ということだけで、福多屋を通して揉《も》め事の始末や用心棒、ときには殺しも引き受けているなどとは思ってもいない。

茂兵衛のこともそうだった。川澄たちは、茂兵衛が福多屋に出入りして仕事を得て口を糊していることは耳にしているが、柳村と同じように危ない仕事を引き受けていることは知らなかった。

「柳村も、手を借してくれるはずだ」

茂兵衛は口にしなかったが、弥助の手も借りるつもりだった。むろんただではない。茂兵衛は、繁松屋から得た金をふたりに渡そうと思った。

「伊丹どのと柳村どのが手を貸してくれるなら、岸崎も剛村も恐れることはない」

村越が、声を大きくして言った。

茂兵衛は川澄たちとの話が済むと、松之助を連れて借家を出た。そして、途中福多屋に立ち寄ったが、弥助も柳村もいなかった。

　茂兵衛は帳場で顔を合わせた富蔵に、

「今度ばかりは、わしが柳村と弥助の手を借りたいのだ」

と、切り出した。

「どういうことです」

富蔵が驚いたような顔をして訊いた。

「わしが倅夫婦の敵を討つために、孫の松之助を連れて江戸に出てきたことは、知っているな」

「存じております」

富蔵が低い声で言った。いつになく、富蔵の顔がひきしまっている。

「敵を討つために、柳村と弥助の力を借りたいのだ。むろん、ただというわけではない。わしが依頼人だから、そなたにも、柳村たちにも金を払うつもりだ」

茂兵衛は、繁松屋から得た金を使うつもりだった。

「伊丹さま、てまえは伊丹さまと松之助さまのことを思うと、いつも胸が熱くなります。……てまえは、伊丹さまと松之助さまのためでしたら、お金はいりません。柳村さまと弥助に、てまえの分もまわしてください」

めずらしく、富蔵がしんみりした口調で言った。

「そう言ってもらえると、ありがたい」

「今日のうちに、柳村さまと弥助に連絡《つなぎ》を取り、明朝、長屋に行ってもらいますので、そのときふたりに話してください」

富蔵が言った。

その日、茂兵衛は松之助を連れて長屋にもどった。すでに、六ツ（午後六時）を過ぎていた。昼めしも夕めしも、まともに食っていなかったので、茂兵衛はひどく

腹が減っていた。松之助は、わし以上に腹が減っているだろう、と茂兵衛は思い、

「松之助、いまからめしを炊くからな。もうすこし、我慢しろ」

と言って、竈《かまど》に焚《た》き付けようとした。

竈から煙が上がったとき、腰高障子の向こうで下駄の音がし、「伊丹の旦那、帰っているんですか」と、おときの声がした。

「帰ってるぞ」

茂兵衛は、竈の前に屈《かが》んだまま言った。

腰高障子があき、おときが土間に入ってきた。手にした皿に、握りめしが四つ載っていた。薄く切ったたくあんが、添えてある。

「めしを炊いてるんですか」

おときが、竈の前に屈んでいる茂兵衛を見て訊いた。

「夕めしが、まだでな」

そう言って、茂兵衛は立ち上がった。

「そんなことだろうと思ってね、すこし余分に炊いたの。握りめしだけど、ふたりで食べてくださいな」

おときが、皿に載った握りめしを茂兵衛に見せた。

「ありがたい。なかなか火が点《つ》かんでな、困っていたところだ」

茂兵衛が、照れたような顔をして腰を上げた。

おときは、上がり框のそばに握りめしの載った皿を置き、

「汁があると、いいんだけどね」

と、座敷にいる松之助にも目をやって言った。

「水で十分だ」

茂兵衛が言うと、

「水でいいです」

松之助が声高に言って、上がり框の方に、にじり寄ってきた。よほど腹が減っていたらしい。

「ふたりで食べてね」

おときは松之助にそう言うと、座敷にいるふたりに小さく頷いて、戸口から出ていった。

その晩、茂兵衛と松之助は、おときが持ってきてくれた握りめしで空腹を満たし、

一日歩きまわった疲れもあって、ぐっすりと眠った。

4

翌日、昼近くになって、柳村と弥助が長屋に姿を見せた。

「富蔵から、話を聞いたぞ」

柳村が言った。

弥助は柳村の脇に立って、ちいさくうなずいただけだった。ただ、顔はいつになく引き締まっていた。

「大川端でも歩きながら話すか」

茂兵衛は、依頼金のこともあるので、松之助の前で話したくなかったのだ。

茂兵衛は「すぐ帰るから、ここにいろ」と松之助に言い置き、柳村と弥助を連れて外に出た。

長屋の路地木戸から大川端に出ると、川沿いの通りを歩きながら、

「ふたりに、手を貸してもらいたいのだ」

と、茂兵衛が切り出した。

「話してくれ」

柳村が言った。

「わしと松之助が、国元で殺された倅夫婦の敵を討つために、江戸に出てきたことは知っているな」

「知っている」

柳村がうなずいた。

「すでに、敵のひとり、小柴重次郎は討った。残るのは岸崎虎之助だが、なかなか居所がつかめん」

茂兵衛が言うと、柳村と弥助は、顔を見合わせてうなずいた。ふたりとも、茂兵衛と松之助が小柴を討ったことを知っているのだ。

「亀沢藩の者と岸崎の行方を追っているのだが、岸崎の居所はまだつかめん。藩の目付筋の者が、岸崎の居所をつきとめるために江戸市中を探り、富沢町界隈《かいわい》に身をひそめていることはつかんだらしいのだが、はっきりせん」

茂兵衛はそこまで話すと、一息つき、さらに話をつづけた。

「ところが、富沢町を探っていた目付筋の者が殺されたのだ。それも、頭を斬り割られるという無惨な姿でな」

「岸崎に斬られたのか」

柳村が訊いた。

「ちがう。斬ったのは、近ごろ国元から出府した剛村桑兵衛という藩士でな。岩砕きと称する、頭を斬り割る技を遣うのだ」

「岩砕きだと」

柳村が、身を乗り出すようにして訊いた。柳村も剣の遣い手だったので、岩砕きに興味を持ったようだ。

「そうだ、頭を深く斬り割る剛剣から、そう呼ばれているらしい」

「剛村という男は、岸崎といっしょにいるのか」

「そうみている」

「厄介だな」

「剛村の手にかかったのは、ひとりではないのだ。同じように頭を斬り割られた者が、他にもいる。それで、岸崎の探索にあたっている亀沢藩の目付筋の者たちは、二の足を踏んでいるのだ」

「下手に、岸崎の居所を探ると、剛村という男に頭を斬り割られると思っているのだな」

柳村が言った。

「それが、岸崎や剛村の狙いでもあるようだ。……ただ、わしらは何としても、岸崎の行方を突き止め、敵を討たねばならない」

茂兵衛の声には、強いひびきがあった。

「それで、おれたちに声をかけたのか」

「わしと松之助は、福多屋に、裏の仕事を頼みに来た依頼人と思ってくれ。柳村たちには、相応の金を渡すつもりだ」

茂兵衛はそう言ったが、繁松屋から得た金しかなかった。それに、茂兵衛の依頼は、繁松屋の依頼より、遥かに危ない仕事である。

「金はいい。伊丹どのは、仲間だからな」

柳村が言うと、

「伊丹の旦那、水臭いことは言わねえでくだせえ。これまで、あっしらは旦那に何度も助けられてるんですぜ」

弥助が、身を乗り出すようにして言った。

「そう言ってもらえると、ありがたい。実は、危ない仕事だが、それに見合うだけの金がないのだ。……ともかく、いっしょに富蔵と会ってくれ」

茂兵衛は、すこし足を速めた。

茂兵衛たちが福多屋に着くと、帳場にいた富蔵は、

「奥で話しましょうか」

と言って、茂兵衛たち三人を奥の小座敷に通した。

富蔵につづいて、茂兵衛たち三人が小座敷に腰を下ろすと、

「伊丹さまから、話を聞きましてね。てまえは、依頼金はいただけないと思ったんです。これまで多くの危ない仕事の依頼を受け、伊丹さまの手をお借りしてきました。その伊丹さまの依頼ですからね」

富蔵が、柳村と弥助に目をやって言った。

「おれも、金は受け取れぬ」

柳村が言うと、

「あっしも、受け取れねえ」

弥助が声高に言った。

「そう言ってもらえるとありがたいが、それではわしの気が済まぬ。……どうであろう。わずかだが用意したので、受け取ってもらえぬか」

茂兵衛はそう言って、懐から財布を取り出した。

「これではとても足りぬが、わしの気持ちだ」

そう言って、茂兵衛は、富蔵、柳村、弥助の膝先に小判を十両ずつ置いた。

「貰っておこう。その方が、伊丹どのも、気兼ねなく頼めるだろう」

柳村が小判を手にした。

「てまえも、いただきましょう」

そう言って、富蔵が小判に手を伸ばすと、

「あっしもいただきやす」

弥助も、小判をつかんだ。

茂兵衛は三人が小判をしまうの待って、

「まず、富沢町界隈を探ってみたい」

と、柳村と弥助に目をやって言った。

5

翌朝、茂兵衛、柳村、弥助の三人は、浅草駒形町から富沢町にむかった。茂兵衛は、殺された鹿島の遺体があった付近から探ってみようと思ったのだ。

三人は日光街道を経て、浜町堀沿いの通りに出た。さらに南に歩き、栄橋のたもとを過ぎてから南の通りに入った。その辺りは、富沢町である。

人通りの多い通りをしばらく歩くと、道沿いに傘屋があった。

「傘屋の脇を入った先だ」

そう言って、茂兵衛が路地に入った。

細い路地だが、ぽつぽつと行き交うひとの姿があった。いずれも町人で、土地の住人らしかった。

路地をいっとき歩いてから、茂兵衛が、「この辺りだったな」と言って、路傍に足をとめた。そして、地面に目をやっていたが、

「見ろ、これを」

と言って、地面を指差した。わずかだが、道の隅に血痕が残っていた。

「ここで、斬られたのだな」

柳村が血痕に目をやって言った。

「剛村という藩士が、ここで下目付の鹿島を斬ったのは、まちがいない。飛び散っていた血が多く、死体を運んできたとは考えられないからな」

「鹿島という藩士がここで斬られたのは、何刻ごろか分かるか」

柳村が訊いた。

「そこまでは分からぬが、夜ということはない。鹿島は、岸崎たちのことを探りに来ていたのだからな」

「ならば、鹿島がここで斬られたのを見た者がいるのではないか」

「わしらも、そうみてな。近所で聞き込んでみたのだが、目撃した者を見つけることはできなかった。……ただ、近所をまわっただけだがな」

茂兵衛は、藩士たちが鹿島の二の舞いになることを恐れて、聞き込みにまわったのは現場近くだけだったことは話さなかった。

「念のため、おれたちも聞き込んでみるか」

柳村が言った。

「どうだ、手分けしてまわらないか」

茂兵衛は三人いっしょに歩くより、別々になった方が埒《らち》が明くとみた。

「そうしやしょう」

弥助が声高に言った。

三人はその場で分かれた。茂兵衛は路地をさらに歩くと、四辻《よつつじ》になっている場に出た。茂兵衛は、その四辻を右手に折れた。路地沿いに、八百屋、下駄屋、瀬戸物屋など話の聞けそうな小体《こてい》な店が、目についたからである。

茂兵衛はそれらの店に立ち寄り、店の親爺《おやじ》や店先にいた客などに訊いたが、鹿島が斬られたところを目撃した者はいなかった。ただ、噂を聞いて、そこで武士が斬られたことは知っていた。

茂兵衛は路地で目についた古着屋に立ち寄り、店の親爺に聞いてみたが、親爺は路地で武士が斬られたことも知らなかった。

茂兵衛が古着屋を出て左右に目をやると、路地の先に弥助の姿が見えた。弥助は路地沿いの店ではなく、通りかかる者に目をやりながら歩いてくる。

茂兵衛は路傍に立って、弥助が近付くのを待った。弥助は茂兵衛の姿を目にすると、小走りに近寄ってきた。

「旦那も、ここに来たんですかい」

弥助が息を弾ませて訊いた。

「そうだが、まだ、何もつかめないのだ」

茂兵衛が肩を落として言った。

「旦那、あっしは、あの路地でお侍が斬り合ってるのを見たという男から話が聞けやしたぜ」

弥助が話したことによると、話を訊いたのは、仕事帰りの大工だという。

「その大工の話だと、夕方、あの路地を通りかかり、お侍が斬り合ってるのを見たそうでさァ」

弥助が言い添えた。

「ふたりで、斬り合っていたのだな」

茂兵衛が念を押すように訊いた。

「斬り合っていたのは、ふたりですがね。そばに、別の武士が立っていたそうですぜ」

「岸崎かもしれんな」

茂兵衛は、岸崎と剛村がいっしょにいたのだろうと思った。

「他に、分かったことはないのか」

茂兵衛が訊いた。

「ふたりで斬り合い、ひとりが倒れた後、そばにいた別の武士とふたりで、表通りの方にむかったそうで」

「表通りにな」

茂兵衛は、すくなくとも岸崎と剛村の隠れ家は、路地の奥ではなく、表通りに出た先にあるとみた。

「他にも、知れたことはあるのか」

さらに、茂兵衛が訊いた。

「あっしが聞いたのは、それだけでさァ」

「そうか」

茂兵衛と弥助は、さらに路地の店に立ち寄ったり、通りかかった者に訊いたりしたが、新たなことは分からなかった。

茂兵衛と弥助が、鹿島が斬られた場所にもどると、柳村が待っていた。

「歩きながら話すか」

茂兵衛が言って、三人は来た道を引き返した。

茂兵衛は路地を歩きながら、「柳村、何か知れたか」と、訊いた。

「たいしたことは分からなかったが、剛村と岸崎らしい男を見かけた者がいる」

柳村によると、路地を表通りにすこしもどったところで、通りかかったぼてふりに話を訊いたという。

「ぼてふりは、ひとりの武士の袴に血が付いているのを見たそうだから、その武士が剛村とみていいな。……そのぼてふりは、剛村と思われる武士が、何人か斬ればおとなしくなる、ともうひとりの武士に話したのを耳にしたらしい」

「やはり、岸崎と剛村の狙いは、この辺りに目付筋の者たちをおびき出して斬り、探索に二の足を踏ませることにあったのだな」

茂兵衛が厳しい顔をして言った。

「おれたちが、この辺りで岸崎と剛村の隠れ家を探っても無駄だということだな」

「そういうことだ」

茂兵衛は、富沢町に来て岸崎たちの隠れ家を探るのはやめようと思った。

6

茂兵衛と松之助は、遅い朝めしを食っていた。めずらしく、漬物と煮染の菜もあった。めしは、昨晩炊いたもので、菜は朝方おときが届けてくれたものである。

「旨い！」

松之助は、嬉しそうな顔をして朝めしを食っていた。

ふたりが朝めしを食べ終え、茶のかわりに水を飲んでいると、戸口に近寄ってくる足音がした。ふたりらしい。

足音は腰高障子のむこうでとまり、

「伊丹の旦那、いやすか」

と、弥助の声が聞こえた。

「いるぞ、入ってくれ」

茂兵衛が声をかけた。

腰高障子があいて、土間に入ってきたのは、弥助と柳村だった。

「おぬしの耳に、入れておきたいことがあってな」

柳村が言った。

茂兵衛が柳村と弥助を伴い、富沢町に岸崎と剛村のことを探りに行った二日後だった。昨日、茂兵衛は柳村たちと顔を合わせていなかったのだ。

「ともかく、腰を下ろしてくれ。朝めしは、すんだ」

茂兵衛はふたりに声をかけて立ち上がり、上がり框のそばに座った。

柳村と弥助は上がり框に腰を下ろすと、

「長屋を探っていた男がいやした」

弥助が言った。

「武士か」

茂兵衛が訊いた。

「へい、富蔵さんに、旦那の耳に入れておくように言われて来たんですがね。富蔵さんが、長屋の路地木戸の前を通りかかったとき、二本差しが長屋から出てくる者をつかまえて話を訊いていたそうですぜ」

「何時ごろだ」

「暮れ六ツ（午後六時）ごろと聞きやした」

「おときから聞いた話とちがうな」

茂兵衛は、昨日の昼ごろ、戸口でおときと顔を合わせたとき、長屋の女房が路地木戸の前で、武士に呼び止められて、何か訊かれているのを目にしたと話したのだ。何者か分からないが、武士が二度長屋の前で住人をつかまえて話を訊いたことになる。

「伊丹どのを、探っているとみていいな」

柳村が言った。

「わしらを探っているとなると、岸崎たちだな」

茂兵衛が言った。岸崎は、茂兵衛と松之助が庄右衛門店に住んでいることを知っていたのだ。

「いいのか、このままにしておいて」

柳村が訊いた。

「岸崎たちは、ここに踏み込んでくるつもりかな」

茂兵衛の顔に懸念の色があった。

「そうみていい」

「うむ……」

茂兵衛も、岸崎たちが長屋に踏み込んでくるような気がした。茂兵衛ひとりならいいが、松之助がいっしょのときに何人かで襲われたら、逃げられない。

「あっしらは、富蔵の旦那に言われてきたんですがね。また、松之助さんを福多屋で預かってもいいと言ってやしたぜ」

弥助が、茂兵衛と松之助に目をやりながら言った。

「うむ……」

弥助が言うように、前にも松之助を福多屋で預かってもらったことがあったのだ。

「おれも、富蔵に同じことを言われた」

柳村が言い添えた。

「また、福多屋に世話になるか」

茂兵衛が、背後にいる松之助に顔をむけて訊いた。

「福多屋なら、行ってもいいです」

すぐに、松之助が言った。

福多屋には、お春《はる》という富蔵のひとり娘がいた。十七歳で、松之助と遊ぶような歳ではないが、気立てが優しく、以前預かってもらったときも、松之助のことを歳の離れた弟のように可愛がってくれたのだ。

茂兵衛は、松之助を福多屋で預かってもらうことにした。

茂兵衛は柳村たちとともに、松之助を連れて福多屋にむかった。茂兵衛と松之助が福多屋に入ると、帳場にいた富蔵が出迎えてくれ、奥にいる女房のおさよと娘のお春にも声をかけた。

「すまぬ。また、世話になる」

茂兵衛が言うと、

「いえいえ、おさよもお春も、松之助さんが来ると言って喜んでましてね。てまえも、松之助さんが泊まってくれるのは、ありがたいんですよ。なにせ、てまえは男ひとりですからね。家にいると分《ぶ》が悪いんです」

茂兵衛が笑みを浮かべて言った。

そこへ、おさよとお春が慌てた様子で出てきて、

「松之助さん、いらっしゃい」

と、おさよが声をかけ、

「松之助さんが家《うち》に来ると聞いて、待ってたんですよ」

お春がそう言って、松之助のそばに来ると、「松之助さん、いっしょに来て、お部屋に行きましょう」と言って、松之助を奥へ連れていこうとした。

すると、松之助は背筋を伸ばし、

「伊丹松之助です。よろしくお願いします」

と、緊張した面持ちで言い、深々と頭を下げた。

これを見たおさよが、

「松之助さん、自分の家と思って、好きなようにしていいんですよ」

と、笑みを浮かべて言った。

7

茂兵衛はひとり長屋にもどったが、やることがないので座敷で横になった。一眠りしようと思ったのだ。

茂兵衛が、横になってすぐだった。戸口に近付いてくる足音がした。ふたりらしい。

……長屋の者ではないな。

茂兵衛は、重い足音と衣擦れの音から武士らしいことが分かった。

茂兵衛は身を起こし、傍らに置いてあった大刀を引き寄せた。岸崎たちかもしれないと思ったのだ。

ふたりの足音は、戸口でとまり、

「伊丹どの、いるか」

と、川澄の声がした。

茂兵衛は胸の内で、なんだ、川澄か、とつぶやき、

「いるぞ、入ってくれ」

と、声をかけた。

すぐに腰高障子があき、川澄と村越が入ってきた。

茂兵衛は立ち上がり、上がり框近くに行ってから、

「何かあったのか」

と、ふたりに目をやって訊いた。

「何かあったというわけではないが、伊丹どのの耳に入れておきたいことがあってな」

そう言って、川澄は大刀を鞘ごと抜き、上がり框に腰をかけた。村越も、川澄の脇に腰を下ろした。

「藩邸のなかに、岸崎たちに味方している者がいるようなのだ」

川澄が声をひそめて言った。

「何者だ」

茂兵衛が訊いた。

「先手組の渋沢勝三郎《しぶさわしょうざぶろう》という男でな。国元にいるときは、普請方だったらしい。しかも、雲仙流の門弟だったのだ」

そう言って、川澄が厳しい顔をした。

「渋沢は藩邸を出たのか」

「いや、藩邸ではなく、町宿なのだ。その町宿を出て、帰らない日もあるらしい。岸崎たちと会っているのではないかな」

川澄によると、渋沢の町宿は三十間堀《さんじっけんぼり》沿いにあるという。

「渋沢を押さえて、岸崎と剛村の居所を訊いたらどうだ」

「おれたちも、そう考えたのだがな、駄目なのだ。岸崎たちは渋沢が捕らえられたことを知れば、すぐに隠れ家を変えるからな」

「町宿では、尾行も難しいな」

茂兵衛が言った。

「難しいが、やってみるつもりだ。それに、目付筋の者も、渋沢の見張りや尾行なら、恐れずにやるはずだ」

「そうか」

茂兵衛は、渋沢のことは川澄たちにまかせようと思った。

「実は、渋沢のことで、伊丹どのに伝えておきたいことがあって来たのだ」

川澄が声をあらためて言った。

「なんだ」

「伊丹どのは、岸崎たちの隠れ家を探すために、富沢町界隈にも出かけているらしいが、しばらく様子をみてくれないか。岸崎たちの隠れ家が富沢町界隈にあるかどうか分からないが、渋沢と鉢合わせでもすると、渋沢は岸崎と会うのをやめるかもしれない」

「せっかく、渋沢を泳がせても、無駄骨になるということか」

「まァ、そうだ」

川澄が、困惑したような顔をした。

「承知した」

すぐに、茂兵衛は言った。川澄に言われなくても、富沢町界隈に聞き込みに行くつもりはなかったのだ。

川澄は話が終わると、

「松之助さんが、見えないが」

と、座敷をみまわして訊いた。

「松之助は、近くの口入れ屋に預けてある」

茂兵衛が言った。

川澄は、茂兵衛が福多屋で仕事の世話をしてもらい、口を糊していることを知っていた。ただ、裏稼業のことは知らない。

「そうか」

川澄は不審そうな顔をしたが、それ以上訊かなかった。

「川澄どの、ちかごろ、長屋の路地木戸近くで、長屋の者にわしらのことを訊いたことがあるか」

茂兵衛は、長屋の者を呼びとめて話を訊いたのは、川澄かもしれないと思ったのだ。

「いや、長屋の者に、伊丹どのたちのことを訊いたことはない。長屋の者に訊くより、こうやって家を訪ねてくれば、いいのだからな」

川澄が怪訝《けげん》な顔をした。

「やはり、岸崎たちか」

茂兵衛がつぶやくような声で言った。

「何かあったのか」

川澄が訊いた。

「いや、実は、路地木戸のあたりで、武士が長屋の者にわしのことを訊いたらしい。岸崎たちが長屋にいるわしを探ってから、長屋に踏み込んでくるとみたのだ。念のために、川澄どのに訊いてみたが、やはり岸崎たちらしい」

「岸崎たちは、ここに踏み込んでくるのか」

川澄が、驚いたような顔をして聞き返した。脇に腰を下ろしている村越も、茂兵衛を見つめている。

「踏み込んでくるとみて、松之助を福多屋で預かってもらったのだ」

「伊丹どの、ひとりで岸崎たちを迎え討つ気か」

「そうなるな」

「おれも長屋にいて、岸崎たちと闘ってもいいぞ」

川澄が言うと、

「おれも、この長屋にいてもいい」

村越が身を乗り出して言った。

「駄目だ。川澄どのも村越どのも藩邸にもどらず、何日もここで寝泊まりするわけにはいくまい。それに、岸崎たちは川澄どのたちがいると知れば、勝てるだけの人数を揃えるだろう」

「うむ……」

川澄が、厳しい顔をして口をつぐんだ。

「案ずるな。わしひとりなら、うまく逃げられる」

茂兵衛が言った。目がひかっている。

8

川澄たちが長屋に来た二日後だった。五ツ（午前八時）ごろである。茂兵衛は長屋の座敷で、湯漬を食べていた。朝めしである。昨夕、久し振りに炊いためしの残りを湯漬にしたのだ。

そのとき、戸口の向こうで、ガツガツという下駄の音がした。だれか、下駄で走ってくるようだ。ひどく慌てているらしい。

下駄の音は、腰高障子の前でとまり、

「伊丹の旦那、いますか！」

と、おときの昂った声がした。

「いるぞ」

茂兵衛は、手にした湯漬の入った丼《どんぶり》を畳の上に置いた。おときが、何か知らせに来たとみたのだ。

すぐに、腰高障子があいて、おときが土間に飛び込んできた。

「た、大変ですよ！」

おときが、声をつまらせて言った。

「どうしたのだ」

茂兵衛は、傍らに置いてあった大刀を引き寄せた。

「お侍が四人、長屋に踏み込んできたんですよ」

「四人だと！」

茂兵衛は、ひとり多いと思った。踏み込んできたのは岸崎たちであろうが、茂兵衛は長屋に来るのは、岸崎、剛村、それに川澄が話していた渋沢の三人と踏んでいたのだ。岸崎たちに、ひとりくわわったらしいが、何者なのか分からなかった。

「ど、どうしたらいいんですか」

おときが、体を顫《ふる》わせて訊いた。

「構うな」

「でも、こっちに来ますよ」

「おとき、家にもどれ。やつらは、わしの家に来るはずだ。外で鉢合わせして、わしの家を訊かれたら、教えてやればいい」

そう言って、茂兵衛は大刀をつかんで立ち上がった。

「旦那は、どうするんです」

おときが、眉を寄せて訊いた。

「わしは、逃げる」

茂兵衛は、座敷から土間に下りた。

路地木戸の方で、数人の足音が聞こえた。岸崎たちが走ってくるようだ。

「ど、どこへ、逃げるんです」

おときが、おろおろしながら訊いた。

「空き地から、大川端に出るつもりだ」

「…………！」

「おとき、すぐに家にもどって、外に出るな」

茂兵衛は腰高障子をあけて、「おとき、家へ急げ！」と声をかけ、おときにつづいて、外に出た。

足音は、長屋の井戸端辺りで聞こえた。まだ、岸崎たちの姿は見えなかったが、すぐに茂兵衛の家の近くに来そうだった。

茂兵衛は家の戸口から飛び出すと、ふだん剣術の稽古場にしている空き地の方へ走った。おときも、自分の家に駆け込んだ。

茂兵衛のむかった空き地には、長屋の棟の脇から雑草で覆われた狭い土地を通って行くことができる。

茂兵衛は長屋の棟の脇まで来ると、背後を振り返った。岸崎たちの姿は見えなかったが、足音は聞こえた。岸崎たちは、茂兵衛の家の近くまで来ているようだ。

茂兵衛は雑草で覆われた土地を通って、剣術の稽古で使っている空き地へ出た。後ろを振り返って見たが、岸崎たちの姿はなかった。いまごろ、茂兵衛の家に踏み込んでいるにちがいない。

茂兵衛は空き地から大川端の通りに出ると、福多屋に足をむけた。歩きながら背後を振り返ったが、岸崎たちの姿はなかった。

　福多屋に入ると、帳場にいた富蔵が驚いたような顔をして腰を上げた。いきなり、茂兵衛が店に飛び込んできたからだろう。

「どうしました」

　すぐに、富蔵が訊いた。

「いや、岸崎たちに、長屋を襲われてな。逃げてきたのだ」

　茂兵衛はそう言った後、すこし間をとってから、

「案ずるな。岸崎たちは、わしがここに来たことは知らぬ。いまごろ、長屋を探しているにちがいない」

　と、穏やかな声で言った。

「それなら、安心です」

　富蔵も、ほっとした顔をした。

　ふたりで、そんなやり取りをしていると、奥から松之助とお春が出てきた。茂兵衛の声が聞こえたらしい。

「爺さま、何かあったのですか」

松之助が訊いた。

「いや、店の前を通りかかったのでな、松之助がどうしているかと思って、寄ってみたのだ」

茂兵衛は、笑みを浮かべて言った。

すると、お春が松之助の後ろに立って、

「いま、松之助さんと『都路《みやこじ》』を見てたの」

と、笑みを浮かべて言った。

「都路」は、東海道の宿駅名が書かれたものである。手習所（寺子屋）などで、使われている。

茂兵衛は、松之助を福多屋で預かってもらうおり、家のなかでもひとりで過ごせるようにと思い、「都路」を持たせてやったのだ。

「すまぬ」

茂兵衛は、富蔵とお春に頭を下げた。

第三章　追跡

1

岸崎たちが、庄右衛門店の茂兵衛の家を襲った二日後、川澄と村越が長屋に姿を見せた。

茂兵衛はふたりが座敷に腰を下ろすのを待って、

「長屋に踏み込んできた岸崎たちは、四人だった」

と、切り出した。以前、川澄たちと長屋で会ったとき、岸崎たちが長屋に踏み込んでくるかもしれぬと話してあったのだ。

「四人だと。ひとり多いな」

川澄が驚いたような顔をして言った。

「顔は見なかったが、岸崎と剛村、それに、渋沢の三人はいたと思うが、もうひとりはだれか、見当がつくか」

茂兵衛が訊いた。

「矢沢練太郎かもしれぬ」

すぐに、川澄が言った。

「矢沢か」

茂兵衛は、矢沢のことを川澄から聞いたことがあった。矢沢は江戸詰の藩士で、渋沢と同じ先手組とのことだった。それに、国元で雲仙流を身につけたとも聞いていた。

「いまも、矢沢が岸崎たちと会っているなら、矢沢の跡を尾ければ、岸崎たちの居所が知れるな」

川澄が言うと、

「おれたちが尾行すると、気付かれるかもしれぬ。矢沢は、おれたちに目を配っているはずだからな」

村越が口を挟んだ。

「林崎《はやしざき》と中山《なかやま》に、頼むか」

林崎尚之助《まさのすけ》と中山新平《しんぺい》は、江戸詰の下目付である。これまでも、川澄たちと行動を共にすることがあったのだ。それに、ふたりとも腕がたつ。

「林崎どのと中山どのが、手を貸してくれれば助かるな」

茂兵衛が言った。

「藩邸にもどったら、高島さまにお話ししてみる」

川澄が、大目付の高島さまなら承知してくれるだろう、と茂兵衛に話した。

「わしも、川澄どのたちに手を貸す。早く岸崎たちの居所をつかんで、倅夫婦の敵を討ちたいのでな」

「伊丹どの、明日にもおれの家に来てくれないか。できれば、林崎たちとも顔を合わせ、今後どう動くか相談したいのだ」

川澄が言った。

「承知した」

茂兵衛も、林崎と中山がくわわるなら顔を合わせて、今後のことを相談したかった。それに、味方の人数が増えても勝手に動いていたら、かえって岸崎たちの居所はつかめないだろう。

それから、川澄が茂兵衛に、長屋を離れても、松之助を守ることができるのか、念を押すように訊いた。

「松之助は近くの口入れ屋に身を隠しているので、岸崎たちには知られまい。それに、腕のたつ男がそばにいるでな。わしといっしょに長屋にいるより、松之助の身は守られるはずだ」

茂兵衛が言った。腕のたつ男とは、柳村のことだった。川澄たちは柳村を知っていたが、茂兵衛はあえて名を出さなかった。

茂兵衛は川澄たちが長屋を出ると、福多屋に足をむけた。富蔵に、今後長屋をあけることが多くなることを話しておくためである。

都合のいいことに、福多屋には柳村と弥助の姿もあった。帳場に客がいなかったので、富蔵に断わり、帳場で話すことにした。奥の小座敷には松之助がいるので、話しづらかったのだ。

「長屋を襲われたそうだな」

すぐに、柳村が訊いた。おそらく、富蔵から話を聞いたのだろう。

「踏み込んできたのは、四人だ」

茂兵衛は、岸崎、剛村、渋沢、それに矢沢練太郎の名を口にした。

「矢沢という男も、亀沢藩の者か」

柳村が訊いた。

富蔵と弥助は黙って、茂兵衛と柳村のやり取りを聞いている。

「そのようだ。矢沢は先手組でな、やはり雲仙流を遣うようだ」

茂兵衛が言った。

柳村は雲仙流のことを知っていたので、ちいさくうなずいただけだった。

「敵が、ひとり増えたんですかい」

弥助が口を挟んだ。

「そうなるな。川澄たちとも話したのだが、富沢町界隈に出かけて隠れ家を探ったりすると、返り討ちに遭う恐れがある。それに、岸崎たちは、逃げまわっているわけではないのだ。わしと松之助を討つために長屋を襲ったし、富沢町界隈に探りに行った目付筋の者を襲ったりしている」

「厄介だな」

柳村が言うと、弥助も顔を厳しくしてうなずいた。

「それでな、明日、わしは川澄たちと会って、今後どうするか相談することになったのだ。どう動くか分からんが、長屋をあけることが多くなることは、まちがいない」

「仕方ないな」

「わしが長屋を留守にすることが多くなると、松之助の面倒をみてもらっている富蔵たちに、これまで以上に迷惑をかけることになるはずだ」

茂兵衛はそう言った後、「すまぬ」と言って、富蔵に頭を下げた。

「伊丹さま、頭を上げてください。てまえも家族も、迷惑などとは思っておりません。それどころか、おさよもお春も喜んでるんですよ。……男の児《こ》の家族が増えたように思ってます」

富蔵が言った。

「伊丹の旦那、あっしにできることがあったら、使ってくだせえ。旦那から仕事料をいただいていやすが、これといった仕事はしてねんで」

弥助が言うと、

「おれも、たいした仕事はしてないな。おれにできることがあったら、言ってくれ」

柳村が、めずらしく声を大きくして言った。

2

茂兵衛が堀留町にある川澄の住む町宿に行くと、男たちが顔を揃えていた。川澄、村越、林崎、中山の四人である。

「伊丹どの、上がってくれ」

川澄が茂兵衛に声をかけた。

茂兵衛は座敷に上がると、あいていた川澄の脇に腰を下ろした。

「伊丹どの、お久し振りです」

林崎が言うと、そばに座していた中山も、「中山です」と小声で言って、茂兵衛に頭を下げた。

「中山どのも、林崎どのも、息災のようだな」

茂兵衛が言った。

川澄は茂兵衛と林崎らとの挨拶が終わると、

「今後、どう動くか相談したい」

と、声をあらためて言った。

「矢沢練太郎は、まだ藩邸にいるのか」

茂兵衛が訊いた。

「いる」

村越が言った。

「それで、矢沢は藩邸を出て、岸崎たちと会っているのか」

さらに、茂兵衛が訊いた。

「会っているようだ」

「それなら、矢沢を尾行して岸崎たちの隠れ家をつきとめることだな」

茂兵衛は、それが岸崎たちの隠れ家をつきとめる確かな方法だし、手っ取り早い
と思った。

「おれたちも、そのつもりなのだ」

川澄が言うと、

「矢沢の尾行は、おれと中山とでやります」

すぐに、林崎が言った。どうやら、茂兵衛がここに来る前に、川澄たち四人で話してあったらしい。

「ところで、渋沢はどうした」

茂兵衛は、川澄たちから渋沢勝三郎という藩士が、岸崎たちに味方しているらしいと聞いていた。渋沢は藩邸ではなく、町宿のようだ。

「駄目だ。しばらく渋沢を見張ったのだが、おれたちの動きに気付いたのか、岸崎たちと接触しないのだ」

川澄が肩を落として言った。

「ならば、矢沢を尾行して岸崎たちの隠れ家を探すしかないな。だが、用心してくれ。岸崎と剛村は、腕がたつ」

茂兵衛が言った。

「油断はしません」

林崎が言うと、中山もうなずいた。ふたりとも厳しい顔をしている。

「隠れ家が知れたら、どう手を打つ」

川澄が、座敷にいた男たちに目をやって訊いた。

「隠れ家にだれがいるかで、打つ手は変わってくるな。岸崎と剛村がいっしょにいれば、討ち取ってもいいのではないか」

「そうだな」

川澄が言った。

「わしから、頼みがある」

「頼みとは」

「岸崎は、わしと孫の松之助の敵だ。なんとしても、岸崎は松之助とふたりで討ちたい」

茂兵衛の声には、強いひびきがあった。

「そのことは、承知している。他の目付筋の者が、岸崎と剛村の討っ手にくわわるようなら、その者たちにも話しておく」

川澄が言うと、その場にいた村越たち三人がうなずいた。

「矢沢の尾行だがな、よほど気をつけないと、岸崎たちの罠《わな》に嵌《は》まるぞ」

茂兵衛が、川澄たちに目をやって言った。

「罠とは」

川澄が訊いた。

「当初、岸崎たちは、目付筋の者たちに隠れ家が富沢町にあると思わせた。そして、目付筋の者たちが、岸崎たちの隠れ家を突き止めるために富沢町に探索に入ると、岸崎たちは目付筋の者たちを襲って殺した。……罠に嵌まったと、言えるのではないか」

「そうだな。しかも、目付筋の者たちは、次はおれではないかと恐れ、まともに隠れ家を探さなくなったからな」

川澄につづいて口をひらく者がなく、座敷はいっとき沈黙に包まれたが、

「何かいい手はないかな」

村越が、男たちに目をやって言った。

「矢沢の尾行だが、わしがやってもいいぞ」

茂兵衛が言った。

「伊丹どのが」

川澄が驚いたような顔をして、茂兵衛を見た。

「わしなら、矢沢には気付かれまい。岸崎たちの隠れ家が分かれば、手を出さずに川澄どのに連絡しよう」

茂兵衛は、川澄たちに剛村と矢沢をまかせ、岸崎だけを松之助とふたりで討つつもりだった。

「だが、伊丹どのは、矢沢の顔を知らないのでないか」

川澄が言った。

「矢沢だが、何刻ごろ藩邸を出ることが多いのだ」

茂兵衛は、矢沢が何刻ごろ藩邸を出るか分かれば、そのころ藩邸の近くまで出向いてもいいと思った。

「陽が西の空にかたむいたころで、七ツ（午後四時）ごろが多いようだ」

林崎が言った。

「そのころ、わしが藩邸近くで待っていよう」

「矢沢が藩邸を出たら、伊丹どのに知らせればいいのだな」

川澄が声高に言った。

「そうだ」

「承知した」

その後、茂兵衛たちは、岸崎たちの塒を突き止めた後のことを相談した。

「高島さまの指示を仰ぐことになるが、目付筋や先手組の者を動員して、ふたりを捕らえることになるはずだ。おそらく、斬り合いになる」

川澄の顔は、厳しかった。岸崎と剛村が、剣の遣い手であることを知っていたからだ。

「高島さまは、承知しておられるはずだが、岸崎だけは、わしと松之助で討つぞ」

茂兵衛が、念を押すように言った。

3

亀沢藩の上屋敷は、愛宕下《あたごした》の大名小路《だいみょうこうじ》沿いにあった。

茂兵衛は川澄たちと話した翌日、愛宕下の大名屋敷の築地塀《ついじべい》の陰にいた。そこから、亀沢藩の上屋敷の裏門に目をやっていた。

七ツ（午後四時）すこし前だった。築地塀の陰で、茂兵衛は川澄か村越が出てくるのを待っていた。茂兵衛が尾行することになっていたのは矢沢だったが、茂兵衛は矢沢を知らなかった。それで、矢沢が藩邸を出るおり、川澄か村越が茂兵衛に知らせに来ることになっていたのだ。

茂兵衛は小袖にたっつけ袴姿で二刀を帯び、網代笠《あじろがさ》をかぶっていた。大名の家臣には、見えない。茂兵衛は顔を笠で隠すためもあって、藩士らしくない身装《みなり》に変えていたのだ。

茂兵衛がその場に身を隠して、一刻（二時間）ほど過ぎていた。

……今日は、駄目かな。

茂兵衛が胸の内でつぶやいたときだった。

裏門の門扉がすこしあいて、武士がひとり姿を見せた。村越である。

茂兵衛はすぐに築地塀の陰から出て、手を上げた。ここにいる、と村越に知らせたのである。

茂兵衛が築地塀の陰にもどると、村越も塀の陰に走ってきた。

「来るぞ、矢沢が」

村越は小声で言ったが、声は昂っていた。

見ると、門扉がふたたびあいて、羽織袴姿の武士が姿を見せた。網代笠を手にしている。

「矢沢か」

茂兵衛が念を押すように訊いた。

「そうだ」

「よし、わしが跡を尾ける。この格好なら、藩士とは思うまい」

茂兵衛が矢沢を見つめて言った。

矢沢はひどく用心していた。裏門から出ると、通りの左右に何度も目をやってから、門を離れた。

矢沢は茂兵衛たちのいる築地塀の前を通り過ぎ、右手の路地に入った。その路地をたどれば、大名小路に出られる。

「わしが、跡を尾ける」

茂兵衛はそう言い残し、築地塀の陰から通りに出た。

村越はいっとき、茂兵衛の後ろ姿に目をやっていたが、踵《きびす》を返して藩邸にもどった。後は、茂兵衛にまかせるつもりなのだろう。

茂兵衛は、矢沢の跡を尾けて大名小路に出た。供連れの武士や騎馬の武士などが、行き交っている。そこは、大名小路と呼ばれるだけあって、通り沿いには、大名屋敷が多かった。行き来するひとも大名家に仕える武士が多く、ときおり中間《ちゅうげん》などが通りかかるだけである。

先を行く矢沢は大名小路に出ると、ほとんど振り返らなくなった。尾行者はいないとみたのだろう。

しばらく歩くと、汐留川《しおどめがわ》の先に幸橋御門《さいわいばしごもん》が見えてきた。矢沢は御門の前を右手に折れた。そこは、汐留川沿いにつづいている道である。

茂兵衛は小走りになった。矢沢の姿が見えなくなったからだ。茂兵衛が御門の前まで来て、右手に目をやると、矢沢の後ろ姿が見えた。汐留川沿いの道を東にむかっていく。

先を行く矢沢は、汐留川にかかる芝口橋《しばぐちばし》(新橋)のたもとに出ると、橋を渡って北にむかった。そこは、東海道である。

茂兵衛は、足を速めた。矢沢の姿が見えなくなったからだ。茂兵衛が芝口橋のたもとまで行って、橋の先に目をやると、矢沢の後ろ姿が見えた。矢沢は東海道を日本橋の方へむかっていく。

茂兵衛は、小走りに芝口橋を渡った。東海道は旅人、駕籠、荷駄《にだ》を引く馬子《まご》などが行き交い、矢沢の姿が見えにくくなったからだ。それに、すぐ近くまで行って跡を尾けても、人出が多いので、気付かれる恐れがなかったのだ。

茂兵衛は矢沢に近付き、その背を見ながら跡を尾けた。

矢沢は銀座町四丁目に入って間もなく、右手の通りに入った。そこは、人通りがすくなく、地元の住人らしい者がちらほら行き来しているだけだった。茂兵衛は、また矢沢から間をとって歩いた。

しばらく歩くと、前方に三十間堀が見えてきた。矢沢は三十間堀に突き当たる手前で左手に折れた。その辺りは、三十間堀町三丁目である。

また、矢沢の姿が見えなくなったので、茂兵衛は足を速めた。そして、堀沿いの通りに出ると、堀沿いの家の前に立っている矢沢の姿が見えた。茂兵衛は、慌てて堀沿いに植えてあった柳の樹陰に身を隠した。

矢沢が立っているのは、借家らしい家の前だった。

……渋沢の住む家だ！

茂兵衛は、胸の内で声を上げた。川澄から、渋沢は三十間堀沿いの町宿に住んでいると聞いていたのだ。

そのとき、矢沢が戸口に立っている家の板戸があいた。姿を見せたのは武士だった。長身の武士である。渋沢であろう。小袖に角帯姿だった。今日は矢沢が来ることを知っていて、町宿にいたのだろう。

矢沢は、すぐに戸口から家に入った。板戸をしめる音が、茂兵衛の耳にもとどいた。

茂兵衛は通行人を装って、家の前まで行ってみた。戸口に身を寄せると、くぐもったような男の声が聞こえた。矢沢と渋沢が何か話しているようだが、話の内容までは聞き取れなかった。

茂兵衛は家の前で聞き耳を立てていたが、いっときすると、家の戸口から離れた。そこは、行き交うひとの姿があったので、いつまでも家の戸口近くに立っているわけにはいかなかったのだ。

茂兵衛は、家の前から半町ほど歩いたところで足をとめた。そして、堀の岸際の柳の陰に身を寄せ、一休みしているふりをして矢沢たちのいる家に目をやった。

茂兵衛は小半刻《こはんとき》（三十分）ほど家の戸口に目をやっていたが、矢沢も渋沢も姿を見せなかった。

茂兵衛は諦《あきら》めて、その場を離れた。そして、三十間堀沿いの道を北にむかった。堀留町にある川澄の町宿に行くつもりだった。

4

堀留町の町宿に、川澄はいなかった。まだ藩邸から帰っていないようだ。茂兵衛は、長屋に帰り、明日あらためて出直そうとも思ったが、それも厄介なので川澄が帰るのを待つことにした。

茂兵衛が家の戸口に立って、半刻（一時間）ほど経ったろうか。通りの先に、川澄と村越の姿が見えた。ふたりは、茂兵衛の姿を目にすると、小走りになった。

「す、済まぬ、待たせてしまったようだ」

川澄が、肩で息をしながら言った。

「矢沢の行き先が、知れたのでな。どうするか、相談するつもりで来たのだ」

「ともかく、家に入ってくれ」

川澄は、戸口の板戸をあけて茂兵衛と村越をなかに入れた。

三人が座敷に腰を下ろすと、

「下働きの者が来るまで、茶は出せないぞ」

川澄が肩をすぼめて言った。川澄の家には、近所に住む年寄りの女が出入りしていたが、夕餉と朝餉の仕度をしに来るだけなのだ。

「茶はいい。それより、矢沢をどうするかだな」

茂兵衛は、尾行した矢沢が三十間堀沿いにある渋沢の家に入ったことを話した。

「やはり、渋沢と連絡を取り合っていたのか」

川澄が顔をしかめて言った。

「矢沢が渋沢の住む町宿に泊まるはずはないので、いまごろ藩邸にむかっているのではないかな」

「そうかもしれぬ」

「矢沢が渋沢と連絡を取り合っているなら、今日だけでなく、また渋沢の住む町宿に行くかもしれん」

村越が言った。

「わしも、そうみている」

「町宿にいる渋沢が、矢沢から藩邸内の様子を聞いて岸崎たちに伝えているのではないか。町宿にいる渋沢の方が、動きやすいからな」

川澄が言うと、茂兵衛と村越がうなずいた。

「どうする」

茂兵衛が、川澄と村越に目をやって訊いた。

ふたりはすぐに答えず、顔を厳しくして虚空を見すえていたが、

「どうだ、矢沢を捕らえて話を聞くか」

と、川澄が言った。

「だが、渋沢は矢沢が捕らえられたことを知れば、すぐに岸崎たちに連絡して隠れ家を変えるぞ」

茂兵衛は、矢沢を捕らえて話を聞いても、岸崎たちの居所はつかめないのではないかと思った。

「矢沢を捕らえると同時に、別の者が渋沢を見張り、跡を尾けるのだ」

川澄が、身を乗り出すようにして言った。

「そうか。渋沢の跡を尾ければ、岸崎たちの居所が知れるというわけか」

茂兵衛の声が大きくなった。

「渋沢が動かなければ、矢沢に岸崎たちの居所を吐かせることもできる」

「どっちに転んでも、岸崎たちの居所が知れるわけだな」

川澄が村越に目をやって言った。

「わしも、矢沢の訊問のおりには、くわわりたい。矢沢がどこまで国元のことを聞いているか分からないが、国元から江戸へ出た岸崎と小柴は、だれの指図で、何のために倅夫婦を斬ったのか訊きたいのだ」

茂兵衛が語気を強くして言った。

すでに茂兵衛は、料理屋の福屋で、国元から出府した目付の大内から、国元の堤防の普請にかかわる不正があり、その件を調べていた勘定奉行だった倅の恭之助が、岸崎と小柴に殺されたことを聞いていた。また、その不正を行っていたと目されている普請奉行の竹沢の配下が、岸崎と小柴であることも分かっていた。ただ、茂兵衛は岸崎の口から、倅夫婦を殺した理由を聞きたかったのだ。

「それで、いつ、矢沢を捕らえる」

川澄が、茂兵衛と村越に目をやって訊いた。

「いつになるか分からないが、今日のように矢沢が藩邸から出たとき、途中で捕らえたらどうだ」

茂兵衛が言った。

「ともかく、明日から二手に分かれよう。一手が藩邸から出る矢沢を捕らえ、もう一手は借家にいる渋沢を見張り、家を出たら行き先を確かめるのだ」

川澄が言うと、茂兵衛と村越がうなずいた。


翌日、茂兵衛はふたたび亀沢藩の上屋敷の近くの築地塀の陰にいた。そこから、上屋敷の裏門を見張り、矢沢が出てくるのを待っていたのだ。

茂兵衛がその場に身を潜めて、半刻（一時間）ほど経っていたが、矢沢は姿を見せなかった。そればかりか、矢沢を見張っているはずの村越も姿を見せない。

それから、さらに半刻ほど過ぎた。陽は上空から西の空にまわっていた。八ツ半（午後三時）ごろではあるまいか。

……今日は駄目か。

茂兵衛は胸の内でつぶやき、諦めて築地塀の陰から出ようとした。そのとき、裏門から人影があらわれた。矢沢である。

矢沢は、昨日と同じように裏門から出ると、通りの左右に目をやってから、門の前の通りに出た。そして、茂兵衛が身を潜めている築地塀の前を通り過ぎ、右手の路地に入った。

そのとき、裏門から村越と中山が姿を見せた。村越が声をかけ、中山にも尾行を頼んだようだ。

茂兵衛は村越と中山が近付くのを待って、築地塀の陰から出た。そして、村越たちに身を寄せ、

「わしが、先にたとう」

と、小声で言った。藩士でない茂兵衛の方が、矢沢に気付かれないとみたのである。

茂兵衛が先になって、矢沢の跡を尾け始めた。村越と中山は、茂兵衛の背後からついてくる。

前を行く矢沢は、昨日と同じように幸橋御門の前に出て、右手に折れた。芝口橋を渡って、東海道を日本橋の方へむかうらしい。

5

矢沢は芝口橋を渡り、東海道を北にむかっていく。

茂兵衛は足を速めた。東海道を行き交うひとに紛れて、一瞬、矢沢の姿が見えなくなったからだ。

茂兵衛は、矢沢のすぐ近くに身を寄せた。行き交うひとに紛れて、気付かれる恐れはなかった。背後からくる村越と中山も、茂兵衛のすぐ後ろまで来ていた。

茂兵衛は銀座町四丁目に入ったとき、村越と中山に、「右手の路地に入ったところで、矢沢を押さえる」と伝えた。

茂兵衛は渋沢の住む借家まで行く前に、矢沢を押さえたかった。いまごろ、川澄と林崎が渋沢の住む借家を見張っているはずだが、ここで騒ぎが大きくなると、渋沢に知れる恐れがあったのだ。

矢沢は銀座町四丁目に入ってまもなく、右手の通りに入った。その通りは、三十間堀に突き当たる。

茂兵衛たちは足音を立てないように、さらに矢沢に近付いた。都合のいいことに、矢沢の近くを歩いている者はいなかった。

ふいに、矢沢が足をとめて振り返った。背後に近付いた茂兵衛に気付いたようだ。

「おれに、何か用か!」

矢沢が声高に訊いた。矢沢は、茂兵衛が何者か知らなかったのだ。

「おぬしに、訊きたいことがある」

「何を訊きたいのだ」

矢沢はそう言った後、目を剝いた。茂兵衛の後ろから走り寄る村越と中山の姿を目にしたようだ。

矢沢は村越たちに目をやり、刀を抜こうとして柄に手を添えた。

そのとき、茂兵衛がスッと矢沢に身を寄せ、当て身をくらわせた。一瞬の動きである。

グッ、と矢沢は呻《うめ》き声を洩らし、右手で腹を押さえて蹲《うずくま》った。そこへ、村越と中山が走り寄り、手早く矢沢を後ろ手に縛った。そして、念のため猿轡《さるぐつわ》もかました。

「矢沢を、どこへ連れていく」

村越が茂兵衛に訊いた。

「渋沢の家でもいいが、どうなったかな」

茂兵衛は、「おれが、様子を見てくる」と言って、その場を離れた。

村越と中山は捕らえた矢沢を連れ、近くにあった仕舞屋の板塀の陰にまわって身を隠した。通行人がいるので、猿轡をかました矢沢の姿は目を引くのだ。


茂兵衛は、足早に歩いて三十間堀沿いの通りに出ると、渋沢の住む借家の方に目をやった。

借家の戸口近くに、川澄と林崎の姿があった。ふたりは、家のなかの様子を窺っているようだ。

茂兵衛は足音をたてないように、川澄たちに近付いた。

川澄たちは背後から近付いてくる茂兵衛の足音に気付いたらしく、刀の柄に手を添えて振り返った。咄嗟《とっさ》に、体が反応したのだろう。

茂兵衛は川澄たちに身を寄せ、

「どうだ、渋沢の動きは」

と、声をひそめて訊いた。

「それが、まったく動きがないのだ」

川澄によると、川澄たちがこの場で見張るようになってから、渋沢は家から出てこないという。

「家に渋沢はいるのか」

茂兵衛が、念を押すように訊いた。

「いる。家のなかから独り言が聞こえたが、渋沢の声だった」

川澄が言った。

「それなら、まちがいないな。……渋沢は、ここで矢沢が来るのを待っているのではないか」

「おれも、そうみている」

「ならば、渋沢は矢沢が来るまで、ここを出ないのではないか」

「そうかもしれん」

川澄が言うと、脇にいた林崎もうなずいた。

「わしらは、矢沢を捕らえた」

茂兵衛が、声をひそめて言った。

「渋沢は、しばらく矢沢を待っているな。……だが、矢沢が捕らえられたことは、いずれ気付く」

「矢沢がここに来なければ、捕らえられたと思うだろうな」

「このところ、渋沢は藩邸に出仕していないし、矢沢の口から己のことが明らかになるとみれば、ここから姿を消すかもしれぬ」

川澄が、虚空を睨むように見すえて言った。

「そうみていいな」

渋沢はここを出て、岸崎といっしょになり、行動を共にするようになる、と茂兵衛はみた。

「渋沢を捕らえるか」

川澄が、茂兵衛と林崎に目をやって言った。

「捕らえよう」

茂兵衛も、これ以上渋沢を泳がせておく必要はないと思った。

茂兵衛、川澄、林崎の三人は、借家の戸口の板戸に身を寄せた。

家のなかから、かすかに足音が聞こえた。畳を踏むような音である。戸口の先の座敷に、渋沢がいるようだ。

「踏み込むぞ」

茂兵衛が声を殺して言い、板戸をあけた。

狭い土間の先に、座敷があった。そこに、男がひとり立っていた。渋沢である。渋沢は羽織袴姿で、大刀を手にしていた。出かけようとしていたらしい。

「川澄たちか！」

渋沢は叫びざま、大刀を抜いた。

すかさず、茂兵衛も抜刀し、刀身を峰に返した。渋沢を斬らずに、峰打ちにするつもりだった。土間にいた川澄と林崎も、刀を抜いて身構えた。

茂兵衛は座敷に上がり、

「渋沢、刀を捨てろ！」

と、言いざま、摺《す》り足で渋沢に身を寄せた。

「おのれ!」

いきなり、渋沢が茂兵衛に斬りつけてきた。

振りかぶり、真っ向へ——。

茂兵衛は、右手に跳びながら刀身を横に払った。一瞬の体捌《たいさば》きである。

渋沢の刀身は、茂兵衛の肩先をかすめて空を切り、茂兵衛の刀身は渋沢の腹部を強打した。

ググッ、と低い呻き声を上げ、渋沢は腹を押さえて蹲った。そこへ、川澄と林崎が近寄り、渋沢の両手を後ろにとって縛った。

6

渋沢が住んでいた借家の座敷に、茂兵衛、川澄、村越、林崎、中山の五人と、捕らえられた矢沢と渋沢の姿があった。

茂兵衛は渋沢を峰打ちで仕留めた後、村越と中山に連絡し、捕らえた矢沢も借家に連れてきたのだ。

「矢沢から先に、話を聞くか」

そう言って、茂兵衛は川澄と林崎に渋沢を奥の座敷に連れていってもらった。茂兵衛は、矢沢の方が早く口を割るとみたのである。

茂兵衛たちは川澄たちが渋沢を連れていき、奥の座敷からもどるのを待った。

表の座敷にもどってきたのは、川澄ひとりだった。

「林崎に、渋沢の見張りを頼んだ」

そう言った後、川澄は「ここで聞いたことは、おれから林崎に話しておく」と、言い添えた。

茂兵衛は、矢沢の前に立った。矢沢は蒼ざめた顔で、身を震わせていた。時々、苦しげに顔をしかめている。峰打ちを浴びた腹部が痛むのかもしれない。

「矢沢、岸崎と剛村は、どこに身を隠している」

茂兵衛が訊いた。

「し、知らぬ」

矢沢は、顔をしかめたまま言った。

「いまさら、隠してもどうにもなるまい。……わしらは、おぬしの跡をずっと尾けていたのだ。おぬしが、どこでだれと会っていたかも知っている」

茂兵衛はそう言った後、

「岸崎たちの隠れ家は、どこだ。行ったことはなくとも、話には聞いていよう」

と、語気を強くして訊いた。

「き、聞いていない。渋沢どのは、岸崎たちの隠れ家のことは話さなかった」

矢沢が答えた。

茂兵衛は、矢沢が白を切っているとは思わなかったので、

「渋沢が、岸崎たちと連絡をとっているのだな」

と、念を押すように訊いた。

「そ、そうだ」

矢沢は隠さなかった。隠しても、どうにもならないと思ったのかもしれない。

茂兵衛はそこまで訊くと、脇にいた川澄に目をやって、

「おぬしから、訊いてくれ」

と、小声で言った。

「矢沢、おぬしと渋沢の他にも、江戸詰の藩士のなかに岸崎たちに味方している者がいるのではないか」

川澄が、矢沢を見すえて訊いた。

「何人もいると聞いている」

「その藩士たちの名は」

川澄は、驚いたような顔をして訊いた。何人もいるとは、思わなかったのだろう。

「名は聞いていない。お互い、捕らえられたとき、目付筋の者に名を知られないように、ひそかに動いているようだ」

「渋沢なら知っているのでないか」

川澄は、岸崎たちと接触している渋沢なら、岸崎に味方している者の名を知っていると思ったようだ。

「知っているかどうか、おれには分からん」

「渋沢は、連絡役《つなぎ》ではないのか」

「そ、そうだが、藩士とはあまり接触しないようだ」

「うむ……」

川澄は口をつぐんで、身を引いた。渋沢に訊けば、はっきりすると思ったのだろう。

茂兵衛たちは、矢沢を奥に連れていき、渋沢を表の座敷に連れてきた。渋沢は苦しげに顔をしかめていた。茂兵衛は、矢沢と同じように渋沢の腹部に峰打ちをみまったのだが、まだ打たれたところが痛むらしい。

茂兵衛は渋沢の前に立つと、

「渋沢、岸崎たちの隠れ家は、どこだ」

すぐに、核心から訊いた。

「し、知らぬ」

渋沢は声をつまらせて言った。

「矢沢は隠さずに、話した。おぬしが、何をしていたかもな。いまさら隠しても、どうにもならぬぞ」

「……………！」

渋沢は顔をしかめた。

「もう一度、訊く。岸崎たちの隠れ家は」

茂兵衛が、語気を強くして訊いた。

渋沢はいっとき逡巡《しゅんじゅん》するような顔をして、口をつぐんでいたが、

「長谷川町《はせがわちょう》だ」

と、小声で言った。

長谷川町は、茂兵衛たちがこれまで探っていた富沢町の西方にひろがっている。

「長谷川町のどこだ」

茂兵衛が訊いた。町名が分かっただけでは、つきとめるのは容易ではない。

「近くに稲荷《いなり》がある」

「稲荷の近くにある借家だな」

「そうだ」

茂兵衛は、渋沢があっさり口を割ったので、

「その借家に、岸崎と剛村は身を隠しているのだな」

と、念を押した。

「いるか、どうか分からない」

渋沢が嘯《うそぶ》くように言った。

「どういうことだ」

「おれは、遅くとも六ツ（午後六時）までには、長谷川町の借家に行くことになっていた。行かなければ、岸崎どのたちは、おれに何かあったとみるはずだ」

「それで、岸崎たちはどう動く」

茂兵衛の声が、大きくなった。

「借家を出て身を隠し、他の味方の藩士に何があったか訊くはずだ。そうすれば、すぐにおれと矢沢が捕らえられたことを知る」

「用心深いやつらだ」

茂兵衛が顔をしかめた。

茂兵衛が黙ると、川澄たちも口をとじていたが、

「渋沢、おぬしたちは、己の身が危うくなるのも顧みず、何故、岸崎や剛村に味方するのだ」

川澄が、声をあらためて訊いた。

「雲仙流の同門だったからだ」

「それだけのことで、亀沢藩から追放されることも覚悟して、岸崎たちに味方するはずがない」

川澄が語気を強くして訊いた。

「……………！」

渋沢は黙っていた。虚空を見すえたまま体を顫わせている。

「金でも貰ったか」

川澄が言った。

「そのようなことはない」

すぐに、渋沢は否定した。

「では、何故、岸崎たちに味方しているのだ」

「そ、それは……。国元の竹沢さまから、話があったからだ」

渋沢が声をつまらせて言った。

「普請奉行の竹沢弥右衛門だと」

川澄が、驚いたような顔をした。渋沢の口から、国元にいる竹沢の名が出たからだろう。

　すると、川澄の脇でふたりのやり取りを聞いていた茂兵衛が、

「竹沢から、どんな話を聞いたのだ」

　と、語気を強くして訊いた。茂兵衛が、竹沢を呼び捨てにしたのは、倅夫婦の殺害に竹沢がかかわっているような気がしたからだ。

　渋沢は、言いにくそうな顔をして口をとじていたが、

「こ、此度《こたび》の件の始末がついたら、先手組の小頭《こがしら》に、推挙すると……」

　と、声を震わせて言った。

「先手組の小頭だと」

　茂兵衛は、竹沢が出世を餌《えさ》に渋沢を味方に引き入れたことを知った。竹沢は、矢沢や他の岸崎たちに味方している藩士も、同門であることを口実に出世を餌にして味方に引き入れたのではあるまいか。

　茂兵衛や川澄が口をつぐんでいると、

「岸崎どのたちは、逃げているだけではないぞ」

　渋沢が、上目遣いに茂兵衛たちを見て言った。

「どういうことだ」

茂兵衛が訊いた。

「うかうかしてると、おぬしらの首が飛ぶということだ」

渋沢の顔に薄笑いが浮いたが、すぐに消えた。己がいま置かれている立場を思い出したのだろう。

7

翌朝、茂兵衛、川澄、村越、中山、林崎の五人は、長谷川町にむかった。岸崎と剛村の隠れ家を探すためである。茂兵衛たちが人数を多くしたのは、岸崎と剛村が剣の遣い手だったからだ。

渋沢は、暮れ六ツ（午後六時）までに行かなければ、岸崎たちは隠れ家から姿を消すようなことを言っていたが、念のために探すのだ。それに、岸崎たちが隠れ家を出たとしても、慌ただしい逃走だったはずだ。隠れ家に、行き先をつきとめる物や、仲間の藩士のことを知る手掛かりが残されているのであるまいか。

茂兵衛たちは、いったん川澄の住む堀留町の借家に集まってから長谷川町に足をむけた。表通りを東にむかい、しばらく歩いてから右手の通りに入った。その通りの先が、長谷川町である。

茂兵衛たちは長谷川町に入っていっとき歩き、道沿いにあった八百屋の脇の空き地の前で足をとめた。

「ここで分かれよう。借家は、稲荷のそばにあるとのことだ」

川澄が茂兵衛たちに目をやって言った。

ここまで来る間に、茂兵衛たちは長谷川町に入ったら五人別々になって聞き込みにあたることを決めていた。五人いっしょでは埒が明かないし、人目を引くからだ。

「一刻（二時間）ほどしたら、ここにもどることにするか」

茂兵衛が、川澄たちに目をやって訊いた。

「それがいい」

川澄が言い、五人はその場で分かれた。

茂兵衛はひとりになると、表通りをしばらく歩き、借家のありそうな路地に入った。そして、路地沿いにある八百屋や下駄屋など、近所の住人が立ち寄りそうな店の者に、この辺りに稲荷はないか、訊いてみた。稲荷を探すのが手っ取り早いとみたのである。だが、すぐに稲荷は見つからなかった。

茂兵衛はさらに路地をたどり、通りかかった者や路地沿いにある店の者に訊いたが、稲荷はなかった。

それでも、小半刻（三十分）ほど歩いて目についた八百屋の親爺に、「この近くに、稲荷はないか」と訊くと、

「ありやすよ、この先でさァ」

そう言って、路地の先を指差した。

茂兵衛は八百屋の前から離れ、親爺が指差した方にいっとき歩くと、路傍に赤い鳥居が見えた。

ちいさな稲荷だったが、椿や樫《かし》などが祠《ほこら》を囲っていた。

茂兵衛が稲荷にむかって歩くと、稲荷の鳥居の脇に立っている武士の姿が見えた。

……村越どのだ！

茂兵衛は、足を速めた。どうやら、村越は茂兵衛より先に稲荷をみつけたようだ。

村越は茂兵衛が近付くのを待って、路地の斜向《はすむ》かいにある仕舞屋を指差し、

「あれが、岸崎たちの隠れ家らしい」

と、声をひそめて言った。

村越によると、通りかかった近所の住人から、仕舞屋は借家で、武士がふたり住んでいることを聞いたという。

「まちがいないな。それで、家にはだれもいないのか」

茂兵衛が訊いた。

「家の近くまで行ったが、留守のようだ」

村越が首を捻《ひね》りながら言った。はっきりしないようだ。

「もう一度、確かめてみるか」

そう言って、茂兵衛は路地を借家にむかって歩いた。村越は、茂兵衛からすこし離れてついてきた。

茂兵衛は借家の前まで行くと、近くに人影がないのを確かめてから、家の戸口に近付いた。そして、板戸に身を寄せて、聞き耳を立てた。

家のなかはひっそりとして、物音も人声も聞こえなかった。ひとのいる気配はない。

後ろから来た村越が、茂兵衛に身を寄せ、

「どうだ、ひとのいる気配がするか」

と、声をひそめて訊いた。

「いや、だれもいないようだ」

そう言って、茂兵衛は戸口から離れた。

茂兵衛と村越は、来た道を引き返し、川澄たちと分かれた場所にもどった。まだ、川澄たちの姿はなかった。この場を離れてから、一刻は経っていないのだ。

いっときすると、川澄、林崎、中山の三人がもどってきた。

「岸崎たちの隠れ家は、見つからなかった」

川澄が渋い顔をして言うと、

「おれたちもだ」

林崎が言い、中山がちいさくうなずいた。

「岸崎たちの隠れ家は見つかったが、留守だった」

村越が、家にはだれもいなかったことを言い添えた。

「渋沢が言ったとおりだ。岸崎たちは、おれたちに隠れ家が知れたとみて、家を出たのだろう」

茂兵衛が言った。

「逃げ足の速いやつらだ」

川澄が顔をしかめた。林崎と中山も渋い顔をしている。せっかく、隠れ家をつきとめたのに、家を出た後ではどうにもならない。

茂兵衛たちは、いっときその場に佇《たたず》んでいたが、

「しかし、このまま岸崎たちが、借家に姿をあらわさないとは思えぬ。まだ、着物や持ち物は、家に残したままだろう」

川澄が、男たちに目をやって言った。

「しばらく、あの借家を見張ってみるか」

村越が言った。

「そうだな」

茂兵衛も、しばらく借家を見張れば、岸崎たちが姿をあらわすのではないかとみた。

茂兵衛たちはその場で相談し、明日からふたりずつ組んで、交替で借家を見張ることにした。

川澄と中山、村越と林崎が、それぞれ組むことになった。茂兵衛は張り込みから外してもらった。藩士でないこともあったが、茂兵衛は、長い間長屋を留守にしたくなかった。孫の松之助を福多屋に預けたままなのが、心配だったのだ。

それに茂兵衛は、岸崎たちが一度長屋に踏み込んできたことが、気になっていた。隠れ家を出た岸崎たちの矛先《ほこさき》が、もう一度、長屋に住んでいる茂兵衛たちにむけられるような気がしたのだ。

第四章　長屋襲撃

1

「爺さま、また、剣術の稽古をやりたいです」

松之助が額の汗を拭いながら言った。

茂兵衛が川澄たちと長谷川町に出向き、岸崎たちの住んでいた借家をつきとめた四日後だった。ここ三日間、茂兵衛は岸崎たちが長屋を襲うことも考え、松之助との剣術の稽古をやめていたが、長屋に松之助を連れてこなければいいだろうと思い、福多屋から稽古場にしている空き地に松之助を連れ出したのだ。

そして、一刻（二時間）ほど、ふたりで真剣を遣って稽古をし、刀を鞘に納めたところだった。

「そうだな。明日も、やるか」

茂兵衛は、岸崎たちの動きがないようだったら、また稽古場にしている空き地に松之助を連れ出そうと思った。

それに、茂兵衛の胸の内には、松之助にとって父母の敵である岸崎に、一太刀なりとも浴びさせてやりたいという、強い気持ちがあったのだ。

「やります！」

松之助が、嬉しそうな顔をして声を上げた。

「今日は、これで福多屋に帰るぞ」

そう言って、茂兵衛は松之助を連れて福多屋にもどった。

茂兵衛は福多屋にいた弥助と柳村にも、長屋にいるので、何かあったら知らせてくれ、と頼み、ひとり福多屋をあとにした。

茂兵衛が長屋にもどり、一休みしているとき、戸口に近寄る下駄の音が聞こえた。ガッガッという、慌てて駆けてくるような音だった。

下駄の音は、茂兵衛の家の腰高障子の向こうでとまり、

「伊丹の旦那、いますか」

と、おときの声がした。

「いるぞ、入ってくれ」

茂兵衛が声をかけた。

腰高障子があいて、おときが慌てた様子で入ってきた。不安そうな顔をしている。

「何かあったのか」

すぐに、茂兵衛が訊いた。

「おはつさんがね、路地木戸の前でお侍につかまって、旦那のことを訊かれたらしいんですよ」

おときが、声をつまらせて言った。

おはつは、長屋に住む日傭《ひようと》取りの女房だった。おときとは女房仲間のひとりで、井戸端辺りで話していることが多かった。

「どんなことを訊かれたのだ」

茂兵衛はすぐに、岸崎たちだろうと察した。

「長屋に旦那はいるのか、訊かれたようですよ」

「それで、おはつは、何と話したのだ」

「ここ二、三日は長屋にいると、話したそうです」

「うむ……」

まずい、と思ったが、茂兵衛は口にしなかった。

「それに、松之助さんのことも訊いたらしいですよ」

「なに、松之助のことも訊いたのか」

思わず、茂兵衛の声が大きくなった。

「そ、そうらしいですよ」

おときが、首をすくめて言った。自分が、茂兵衛に怒鳴られたような気がしたのかもしれない。

「おはつは、松之助のことを話したのか」

「近くの知り合いに預けてあるらしい、と言っただけのようですよ。福多屋にいることは、言わなかったそうです」

「それならいい」

茂兵衛は、ほっとした。岸崎たちは、松之助が福多屋にいることをつかんでいないようだ。ただ、剣術の稽古は、しばらくやらずにおくことにした。

「旦那、あのお侍たち、また長屋に踏み込んでくるかもしれませんね」

おときが、不安そうな顔をして訊いた。

「そうかもしれぬ」

近いうちに、長屋に踏み込んでくる、と茂兵衛はみた。

「旦那、しばらく長屋を留守にした方がいいかもしれませんよ」

「それも手だが、いつまでも長屋を留守にしておくわけにはいかんからな」

このとき、茂兵衛は、岸崎たちが長屋に踏み込んでくるなら、その機を捕らえて返り討ちにしてやろう、と思いたった。

「おとき、女房たちの手を借りてな、長屋のみんなに、侍が長屋に踏み込んできたら家のなかに隠れるように話してくれ」

「は、話しておきます」

おときが、声をつまらせて言った。

「踏み込んできた男たちは、長屋の者が何もしなければ、手は出さぬはずだ。それに、わしのことは心配しなくていい。何か手を打って、踏み込んできたやつらを追い払うからな」

茂兵衛は、柳村と川澄たちの手を借りようと思った。

おときが戸口から出ていくと、茂兵衛はすぐに動いた。まず、福多屋へ出かけ、弥助に頼んで柳村を呼んでもらった。

柳村が福多屋に顔を出すと、茂兵衛は柳村と弥助に、「ふたりに、手を貸してもらいたい」と言ってから、

「また、岸崎たちが、長屋にいるわしを襲うようだ」

と、切り出した。以前、岸崎たちが長屋に踏み込んできたとき、茂兵衛が逃げたことは、柳村たちも知っていた。

「また、逃げるのか」

柳村が訊いた。

「いや、いつまでも逃げてはいられぬ。それに、岸崎たちは松之助のことも訊いたようなのだ。福多屋にいることは知らないようだが、わしが長屋にいなければ、長屋の住人にあらためて松之助のことを訊くかもしれぬ」

「まずいな」

柳村も、この前と同じように、茂兵衛だけ長屋から逃げるわけにはいかないと思

ったようだ。

「それで、岸崎たちを迎え討つことにした」

茂兵衛が、強いひびきのある声で言った。

「…………」

柳村は、無言でうなずいた。脇に立っている弥助は、黙したまま茂兵衛に目をむけている。

「岸崎たちが、いつ長屋を襲うか分からないのでな。ここ何日か、福多屋に顔を出してくれ」

「承知した」

柳村が言った。

「あっしも、福多屋にいやしょうか」

弥助が、茂兵衛に訊いた。

「弥助にはすまぬが、時々長屋に顔を出してくれ」

「承知しやした」

弥助が声高に言った。弥助の顔が紅潮している。弥助も、岸崎たちとやり合うことになるとみているようだ。

2

長屋の茂兵衛の家に、四人の男が集まっていた。茂兵衛と弥助、それに川澄と中山だった。茂兵衛が川澄の住む町宿に足を運び、岸崎たちが、長屋に踏み込んできそうだ、と話すと、川澄が町宿に居合わせた中山を連れて、長屋に来てくれたのだ。

また、弥助は長屋に様子を見に来て、岸崎たちが姿を見せれば、福多屋で待機している柳村に知らせることになっていた。

「今日あたり、踏み込んできそうだな」

川澄が、戸口の腰高障子に目をやって言った。

川澄たちが長屋に顔を出すようになって、三日経っていた。一日中いるわけではなく、四ツ（午前十時）ごろから七ツ半（午後五時）ごろまでである。

岸崎たちが長屋を襲うには、身をひそめている隠れ家に仲間が集まり、それから浅草駒形町にある庄右衛門店まで来なければならない。どうしても、四ツ過ぎになるだろう。それに、七ツ半を過ぎたころから、仕事に出ていた長屋の男たちがそれぞれの家に帰ってきて、長屋は急に賑やかになる。岸崎たちが、そうした長屋の賑やかなときを選んで襲撃するとは思えなかった。

そうした読みがあって、川澄たちは長屋に来ていたのである。

「そろそろ踏み込んでくるかもしれねえ」

弥助が、つぶやくような声で言った。

七ツ（午後四時）ごろだった。長屋はひっそりとしていた。ときどき、女房の笑い声や子供の泣き声などが聞こえるだけである。

そのとき、長屋の路地木戸の方で、何人もの足音が聞こえた。女たちの叫び声も聞こえる。

「来たぞ」

茂兵衛は、傍らに置いてあった刀を引き寄せた。

「柳村の旦那に、知らせやす」

そう言い残し、弥助が戸口から飛び出した。弥助は路地木戸を通らずに、茂兵衛たちが剣術の稽古に使っている空き地を通って、福多屋まで行くはずだ。

「何人も、いるようだ」

川澄が、刀を手にして立ち上がった。

中山も刀を手にすると、腰に帯びて土間に下りた。

数人の足音が、聞こえた。路地木戸の方から、こちらにむかってくる。足音が近付くにつれ、あちこちで、女の悲鳴や子供の泣き声などが起こり、逃げ惑う足音が聞こえた。長屋の女房や子供たちが侵入者たちを見て、逃げ出したようだ。

男の声もした。「逃げろ！」「家に入れ！」などと叫んでいる。居職《いじよく》の者や仕事から早く帰った男たちらしい。

「外へ出るぞ」

茂兵衛が、川澄と中山に声をかけた。

茂兵衛たち三人は土間から外へ出ると、戸口の腰高障子を背にして立った。背後からの攻撃を避けるためである。

「来たぞ！」

川澄が、長屋の井戸の方に目をやって言った。

見ると、井戸端付近を、五人の武士が小走りにこちらへむかってくる。先にたつふたりは、岸崎と剛村らしい。茂兵衛は剛村を初めて目にしたが、大柄で長刀を帯びていると聞いていたので、それと知れたのだ。

岸崎と剛村が先にたち、背後に三人の武士がつづいた。いずれも小袖にたっつけ袴で、草鞋《わらじ》掛けである。

茂兵衛は、岸崎と剛村の背後から来る三人の武士を知らなかった。三人とも、初めて見る顔である。

「先手組の者だ！」

川澄が言った。三人の武士を知っているようだ。

そのとき、岸崎が、

「あそこだ！」

と、茂兵衛たちを指差して言った。

「川澄と中山がいるぞ」

岸崎の背後にいた長身の武士が言った。驚いたような顔をしている。川澄たちがいるとは思わなかったのだろう。

岸崎たち五人は戸口にばらばらと走り寄り、茂兵衛、川澄、中山の三人を取り囲むように立った。ただ、長屋の棟と棟の間は狭く、茂兵衛たち三人と対峙できるのは、三人だけだった。

茂兵衛の前に立ったのは、剛村だった。眉の濃い、眼光の鋭い男である。茂兵衛の右手にいた川澄には岸崎が対峙し、左手にいた中山の前には、長身の武士が立った。他のふたりは、すこし身を引いている。

「剛村か」

茂兵衛が、念を押すように訊いた。

敵の岸崎はすこし離れた場にいたが、茂兵衛はここで岸崎を討つつもりはなかった。敵討ちの状況ではなかったし、松之助もいなかったからだ。

「いかにも。……うぬが、伊丹茂兵衛だな」

そう言って、剛村は刀の柄に手をかけた。長刀である。

茂兵衛も左手で鯉口《こいぐち》を切り、右手で刀の柄をつかんだ。抜刀体勢をとったのである。

「いくぞ！」

剛村が抜刀した。二尺八寸ほどはあろうか。通常の大刀は二尺四寸ほどなので、長刀といっていい。

すかさず、茂兵衛も刀を抜いた。そして、青眼に構えると、剣尖を剛村の目線につけた。どっしりと腰の据わった隙のない構えである。

対する剛村は、上段だった。柄を握った両拳《こぶし》を高くとり、刀身を立てて切っ先で天空を突くように高く構えている。その大柄な体と長刀と、それに刀身を垂直に立てた大きな構えがあいまって、上から覆い被さってくるような威圧感があった。

……この構えから、岩砕きの剣を放つのか！

茂兵衛は、剛村が真っ向へ斬り込んでくるとみた。

だが、茂兵衛は剛村の構えに動じず、全身に気勢を込め、斬撃の気配を見せて気魄で攻めた。

「やるな」

剛村は茂兵衛の構えを見て、遣い手と察知したようだ。

ふたりは、青眼と真っ向に構えたまま、すぐには動かなかった。気魄と気魄で攻め合っている。

3

茂兵衛が剛村と対峙しているとき、路地木戸の方から走り寄る足音がした。姿を見せたのは、弥助と柳村である。

剛村はふたりの足音を聞くと、身を引いて茂兵衛との間合をとり、路地木戸の方へ顔をむけた。そして、走り寄る弥助と柳村を目にするなり、

「岡田《おかだ》、重松《しげまつ》、迎え討て！」

と、ふたりの武士に声をかけた。

その声で、闘いの場からすこし身を引いていたふたりの武士が、走り寄る弥助と柳村の方に足をむけた。

柳村はかまわず、ふたりの武士の方に歩いてきたが、弥助は途中で足をとめた。この場は、柳村にまかせる気らしい。

ふたりの武士は、柳村に近付いて足をとめた。そして、中背の武士が柳村の前に立ち、

「重松、左手へまわれ！」

と、声をかけた。どうやら、柳村と対峙した男が岡田という名で、もうひとりが重松らしい。

柳村は足をとめると、素早い動きで抜刀した。すかさず、岡田と重松も刀を抜いた。

柳村は青眼に構え、剣尖を岡田の目線につけた。柳村は柳生新陰流の遣い手だったので、剣尖にはそのまま眼前に迫ってくるような威圧感がある。

対する岡田は、八相《はっそう》に構えた。遣い手らしく、腰の据わった隙のない構えだが、柳村ほどの威圧感はなかった。

重松は柳村の左手にまわり込んで、青眼に構えた。その切っ先がかすかに震えていた。気が昂り、体に力が入り過ぎているようだ。

「いくぞ！」

柳村が声をかけ、全身に気勢を込めた。そして、気魄で攻めながら趾《あしゆび》を這《は》うように動かし、ジリジリと岡田との間合を狭め始めた。

対する岡田は、動かなかった。八相に構えたまま、柳村との間合と斬撃の気配を読んでいる。ただ、岡田は柳村の気魄に圧《お》され、いくぶん平静さを失っていた。八相に構えた刀身がかすかに揺れている。

柳村が一足一刀《いっそくいっとう》の斬撃の間境《まざかい》まで、あと一歩に迫ったときだった。ふいに、岡田の全身に斬撃の気がはしった。柳村の気魄に圧され、剣尖を見つめながら対峙しているのが耐えられなくなったようだ。

イヤアッ！

突如、岡田が甲走った気合を発して、斬り込んできた。

八相から袈裟へ——。

すかさず、柳村が右手に跳びざま刀身を横に払った。一瞬の太刀捌きである。

岡田の切っ先は柳村の肩先をかすめて空を切り、柳村の切っ先は岡田の胴をとらえた。

岡田は体勢をくずして前によろめき、柳村は素早く反転して、ふたたび切っ先を岡田にむけた。

ウウッ、と岡田は苦しげな呻き声を上げたが、何とか体勢を持ち直して、切っ先を柳村にむけようとした。

この動きを見た柳村は素早く踏み込み、鋭い気合とともに真っ向へ斬り込んだ。

その切っ先が、岡田の額をとらえた。

鈍い骨音がし、縦に裂けた額から血が飛び散った。

岡田は、前によろめいた。額から血が流れ出し、顔を真っ赤に染めている。岡田は悲鳴も呻き声も上げなかった。足がとまると、腰からくずれるように転倒した。

これを目にした重松は、恐怖に顔をゆがめ、身を震わせながら後じさった。そして、柳村との間があくと、抜き身を手にしたままその場から逃げ出した。悲鳴を上げて、路地木戸の方に走っていく。


このとき、茂兵衛は剛村と対峙していた。

茂兵衛は青眼に構え、剛村は大きな上段にとっていた。ふたりは足裏を擦《す》るようにして、すこしずつ間合を狭め、一足一刀の斬撃の間境まで、あと一歩のところまで迫っていた。

ふたりの全身に斬撃の気が高まっていたが、剛村は走り去る重松の足音を耳にすると、上段に構えたまま後じさった。そして、茂兵衛との間合をとってから、路地木戸の方へ逃げていく重松の姿を見やった。

「いくじのないやつだ」

剛村が、吐き捨てるように言った。

そして、さらに後じさり、「引け！」と声を上げ、抜き身を引っ提げたまま路地木戸の方へ走りだした。

川澄と切っ先をむけあっていた岸崎も素早く後じさり、川澄との間をとると、剛村の後を追った。

もうひとり、中山と対峙していた長身の武士が、すこし遅れた。慌てて身を引き、中山との間があくと、反転して走りだそうとした。

「逃がさぬ！」

咄嗟に、茂兵衛は手にした刀身を峰に返して踏み込み、刀を横に払った。殺さずに、生け捕りにするつもりだったのだ。

茂兵衛の刀身が、長身の武士の腹をとらえた。武士は呻き声を上げて前によろめき、足がとまると、その場に蹲った。

茂兵衛は長身の武士の前に立ち、

「動けば、斬るぞ」

と言って、武士の鼻先に切っ先をつきつけた。

そこへ、川澄や柳村が走り寄り、長身の武士を取り囲んだ。

「こやつの手を縛ってくれ。手ぬぐいでいい」

茂兵衛が言うと、弥助が蹲っている武士の背後にまわり、

「あっしに、任せてくだせえ」

と言って、懐から手ぬぐいを取り出し、武士の両腕を後ろにとって手首を縛った。

「こいつをどうしやす」

弥助が訊いた。

「この男に、訊きたいことがある」

茂兵衛はそう言うと、その場にいた男たちの手を借りて、捕らえた武士を長屋のなかに引き摺り込んだ。

4

茂兵衛たちは長身の武士を座敷に連れていき、まわりを取り囲んだ。武士は蒼ざ

めた顔で、身を震わせている。

「先手組の者だな」

川澄が訊くと、長身の武士はうなずいた。

「名は」

さらに、川澄が訊いた。名までは、知らなかったようだ。

「……………」

武士は首をすくめ、まわりに立っている茂兵衛たちに目をやっただけで、何も言わなかった。

そのとき、柳村が、

「おい、いっしょにいた男たちは、おまえを見捨てて逃げたのだぞ。そんなやつらの肩を持つのか」

と、脇から口を挟んだ。

すると、男は上目遣いに柳村を見て、

「河合八郎《かわいはちろう》、先手組だ」

と、小声で言った。

「岸崎たちの仲間にくわわったのは、どういうわけだ」

川澄が、河合を見すえて訊いた。その顔に、怒りの色があった。同じ亀沢藩士でありながら、河合が、国元で勘定奉行とその妻を斬殺して江戸に逃げてきた岸崎に味方していることに怒りが湧いたのだろう。

「お、同じ、雲仙流一門だからだ」

河合が声を震わせて言った。

「同じ一門というだけで、岸崎のように大罪を犯した者に味方して、藩士たちを襲ったりするのか」

川澄が強い口調で言った。

河合は視線を膝先に落としたまま、何も言わなかった。顔をしかめて、体を顫わせている。

「それだけの見返りがあるからだな」

茂兵衛が脇から訊いた。

すると、川澄が、

「普請奉行の竹沢から、何か話があったからではないか」

と、語気を強くして言った。川澄は、普請奉行の竹沢を呼び捨てにした。胸の内の強い怒りが、そうさせたのだろう。

河合は驚いたような顔をして川澄を見たが、何も言わなかった。

「始末が付いたら、先手組の小頭にでも推挙すると言われたのではないか」

川澄は、先に捕らえた渋沢が話したことを口にしたのだ。

「そ、そうだ」

河合が応えた。これ以上、黙っていることができなくなったのだろう。

「逃げた重松も、同じことを言われて岸崎たちに味方したのだな」

「岸崎どのから、話があったのだ」

河合が言った。

「やはり、そうか」

そう言って、川澄が河合の前から身を引くと、

「ところで、岸崎と剛村は、どこに身を隠しているのだ」

茂兵衛が、河合を見すえて訊いた。

「長谷川町の借家だと聞いている」

「岸崎と剛村は、その借家を出たのだ」

茂兵衛が、語気を強くして言った。

「借家を出たことは、聞いていないが……」

河合は首を捻った。

「おれたちの手から逃れるために、急いで長谷川町の借家から出たようだが、その後どこかに潜り込んでいるはずだ」

「重松どのの所かも知れぬ」

河合が、つぶやくような声で言った。自信がないのだろう。

「重松は、ここから逃げた男だな」

「そうだ」

河合の顔に、憎悪の色が浮いた。重松が、自分を見捨てて逃げたからだろう。

「重松が住んでいるのは、町宿か」

「斬られた岡田どのとふたりで、浜松町の借家に住んでいるはずだ」

浜松町は増上寺《ぞうじょうじ》の東方で、東海道沿いにある町である。亀沢藩の上屋敷のある愛宕下の大名小路からそう遠くない。

「明日にも、浜松町に行ってみよう」

川澄が言った。

「わしも行く」

茂兵衛も、浜松町へ行くつもりだった。

重松の住む借家に、岸崎と剛村がいることが分かれば、あらためて松之助を連れて、浜松町にむかい、倅夫婦の敵を討つつもりだった。ここまでくれば、岸崎を見つけ次第討たねば、川澄たちの手で押さえられるか、討ち取られるかであろう。

河合に対する訊問が終わると、河合を川澄の住む町宿に連れていくことになった。その後は、大目付の高島の指示に従うことになるだろう。

川澄と中山が河合を連れて長屋を出ると、茂兵衛は柳村と弥助といっしょに福多屋にむかった。

茂兵衛は、富蔵に話して松之助を長屋に連れて帰るつもりだった。今後、岸崎たちが長屋を襲うことはないとみたのである。

茂兵衛たちが福多屋に入っていくと、帳場にいた富蔵が慌てて出てきた。そして、

茂兵衛たち三人に目をやり、

「ご無事で、よかった」

と、顔に安堵《あんど》の色を浮かべて言った。

富蔵は、柳村を迎えに来た弥助から、岸崎たちが長屋に踏み込んできたことを聞いたようだ。

「ふたりのお蔭で、踏み込んできた者たちを追い払うことができた」

茂兵衛が、ほっとした顔で言った。

「よかった。どうなるものかと、心配していました」

「岸崎たちは、二度と長屋に押し込むことはないはずだ。それでな、松之助を引き取りに来たのだ。……此度は、福多屋のみんなに助けてもらった。礼を言う」

そう言って、茂兵衛は深々と頭を下げた。

「伊丹さま、頭を上げてください。てまえたちは、あたり前のことをしただけです。それに、おさよとお春は、松之助さんが来てくれたので喜んでいるんですから」

富蔵が目を細めて言った。

そこへ、おさよとお春が、松之助を連れて奥から出てきた。茂兵衛と富蔵のやり取りが聞こえたらしい。

「爺さま！」

松之助が声を上げて、茂兵衛に走り寄った。松之助は、嬉しそうな顔をしている。茂兵衛たちが、長屋に押し入ってきた岸崎たちを追い返したことを知っているのだろう。

茂兵衛は身を寄せた松之助の肩に手を置き、

「松之助、これからまた長屋でいっしょに暮らせるぞ。それに、剣術の稽古も好きなときにできる」

そう言って、目を細めた。

「爺さまと、剣術の稽古ができるぞ！」

松之助が、声を上げた。

5

翌朝、茂兵衛と松之助は、久し振りに剣術の稽古をした。その後、長屋にもどり、昨夜炊いておいためしをふたりで食べた。菜は漬物しかなかったが、ふたりで食うめしは旨かった。

「わしはこのまま出かけるが、松之助はどうする。長屋にいてもいいし、福多屋に行ってもいいぞ」

　茂兵衛が松之助に訊いた。

「今日は、ここにいます」

「そうか。何かあったら、おときに話すといい」

　茂兵衛は、隣りに住むおときに、「松之助が長屋にもどったので、手がすいたら家を覗いてくれ」と声をかけてあったのだ。

　茂兵衛は松之助を長屋に残して、路地木戸から通りに出た。これから、愛宕下の亀沢藩の上屋敷まで行って、川澄たちと浜松町に行くつもりだった。重松の住む借家を探し、岸崎と剛村がいるかどうか確かめるのだ。

　茂兵衛は愛宕下の大名小路を南にむかい、亀沢藩の上屋敷の裏門近くに立って、川澄たちが姿をあらわすのを待った。そこは、以前茂兵衛が上屋敷の裏門から出てくる矢沢を待っていた築地塀の陰である。

茂兵衛がその場に立っていっときすると、川澄、村越、中山、林崎の四人が、裏門から姿を見せた。川澄と中山だけでなく、村越と林崎がくわわったのは、重松の住む借家に岸崎と剛村がいれば、そこで岸崎たちと闘うことになるとみたからであろう。

「伊丹どの、遠いところ御足労おかけする」

川澄が、済まなそうな顔をして言った。

「何を言う。川澄どののたちは、長屋まで来てくれたではないか」

それに、茂兵衛が浜松町へ行くのは藩のためというより、自分のためであった。松之助とふたりで、倅夫婦の敵を討つという目的があったのだ。

「さて、行くとするか」

茂兵衛と川澄が、先にたった。目立たないように、村越たち三人はすこし間をとって歩いてくる。

「気になる噂を耳にしたのだ」

川澄が、歩きながら茂兵衛に言った。

「何だ、気になる噂とは」

「国元から、普請方の者がひそかに出府したらしい。……噂なのではっきりしないが、普請方の者を見かけた藩士がいるようなのだ」

「ひとりか」

茂兵衛が訊いた。

「見かけたのはひとりらしいが、何人出府したのか、はっきりしない」

「そやつらが藩邸にいないとすると、岸崎たちといっしょに、重松の住む借家に身をひそめているとみていいのではないか」

「そうかもしれぬ」

川澄の顔に、憂慮の色が浮いた。普請方の者が何人いるか分からないが、重松の住む借家には、剛村と岸崎にくわえ、国元から江戸に出た普請方の者がいることになる。下手をすると、茂兵衛たちが返り討ちに遭うかもしれない。

そんな話をしながら、茂兵衛たちは大名小路を南にむかった。そして、増上寺の御成門の前のひろい通りに突き当たると、左手に折れて、東海道に足をむけた。

東海道は、人通りが多かった。旅人、駕籠舁《か》き、駄馬を引く馬子などに交じって遊び人ふうの男の姿も目についた。女遊びに、品川宿に行くのだろう。

東海道をしばらく南に歩けば、品川宿に出る。品川宿は肌を売る飯盛女《めしもり》で知られ、旅人だけでなく、江戸から女遊びに来る男も多かったのだ。

茂兵衛たちは東海道を南にむかい、浜松町に出た。この辺りは増上寺の表門に近いこともあって、参詣客や遊山客の姿も目についた。街道沿いには、それら相手の料理屋、そば屋、土産物店なども並んでいる。

「借家など、ありそうもないぞ」

茂兵衛が、街道沿いに並ぶ店に目をやりながら言った。

「借家のありそうな路地に入ってみるか」

川澄は街道の左右に目をやりながら歩いていたが、街道の端に足をとめた。そして、後続の村越たちが近付くのを待って、

「その路地は、どうかな」

と言って、街道の左手にあったそば屋の脇の路地を指差した。

「借家も、ありそうだ」

茂兵衛が言った。

街道から路地を覗いただけなので、はっきりしないが、小体な店がまばらにつづ

いていた。仕舞屋もありそうだ。

茂兵衛たちは、路地に入った。二町ほど歩くと、四辻に突き当たった。左右に延びる路地も狭く、仕舞屋や空き地などが目についた。

茂兵衛たちが四辻に立つと、

「どうだ、ここで分かれて別々に探さないか」

川澄が、茂兵衛たち三人に目をやって言った。

「それがいい」

茂兵衛も、五人で別々になって探せば、この地域を短時間で探れるのではないかとみた。

「一刻（二時間）ほどしたら、ここにもどってくれ」

川澄が、茂兵衛たちに目をやって言った。

ひとりになった茂兵衛は、四辻を左手の路地に入った。路地沿いにある小体な店や仕舞屋に目をやりながら歩いた。途中で振り返ってみると、川澄たち四人の姿はなかった。別の路地に入ったようだ。

茂兵衛が路地をいっとき歩くと、借家ふうの仕舞屋があった。その家の前まで行って歩調を緩め、聞き耳を立てたが、物音も人声も聞こえなかった。

茂兵衛は仕舞屋の前を通り過ぎ、出会った土地の住人らしい年増に、

「そこにある家だが、だれか住んでいるのか」

と、訊いてみた。

「住んでますよ」

年増が、顔を強張らせて言った。突然、武士に声をかけられたからだろう。

「武士か」

茂兵衛が訊いた。

「いえ、職人の夫婦です」

年増によると、男は屋根葺《ふ》きで、女房は近くのそば屋に手伝いに出ているという。それで、家を留守にするときが多いそうだ。

「そうか。手間をとらせたな」

茂兵衛は年増に礼を言って、その場を離れた。

それから、茂兵衛は路地を歩きながら借家を探したが、見つからなかった。

6

茂兵衛は、川澄たちと分かれた四辻にもどったが、だれもいなかった。もどるのが、すこし早かったのかもしれない。

茂兵衛が四辻の隅に立っていっときすると、川澄と中山がもどってきた。ふたりも、重松の住む借家は見つからなかったという。

川澄たちにつづいて林崎が姿を見せたが、林崎も重松の住み処は突きとめられなかったそうだ。

林崎が茂兵衛たちと話しているところへ、村越が小走りにもどってきた。よほど急いだとみえ、顔が紅潮して汗がひかっている。

村越は、茂兵衛たちのそばに来るなり、

「重松の住む借家が、あったぞ」

と、昂った声で言った。

「それで、岸崎たちはいたか」

すぐに、茂兵衛が訊いた。

「重松の他にだれがいるか、分からないのだ」

村越が声をつまらせながら話したことによると、借家のなかから武士の話し声が聞こえたという。武士のひとりが重松と呼んだので、重松がいると分かったそうだ。ただ、声の主がだれなのか、分からなかった。

「いずれにしろ、重松の他に武士がいたのは確かだな」

茂兵衛が言った。

「はっきりしないが、家にいたのは、ふたりだけではないかもしれん」

村越が言い添えた。

「ともかく、行ってみよう」

茂兵衛は、重松の他に岸崎と剛村がいるとみた。

村越の先導で、茂兵衛たちは路地を足早に歩いた。そこは、茂兵衛が入った路地の反対側だった。

すこし歩くと、路地沿いの店はすくなくなり、空き地や古い仕舞屋などが目立つようになった。

村越は路地沿いにあった八百屋の前を通り過ぎたところで、路傍に足をとめ、

「その欅《けやき》の斜向かいにある家だ」

と、欅を指差して言った。

路地からすこし入った空き地のなかに生えた欅で、上空を覆うように枝葉を茂らせていた。その欅の斜向かいに仕舞屋があった、低い板塀が家を囲っている。古い板塀らしく、所々剝《は》がれ落ちていた。仕舞屋も古いらしく、庇《ひさし》の一部が朽ちて垂れている。

「岸崎たちに気付かれないように、離れて歩くか」

茂兵衛が言うと、川澄たちがうなずいた。

先頭にたったのは、村越だった。つぎに、茂兵衛が歩き、すこし間をとって川澄たちがつづいた。

村越は、家の前ですこし歩調を緩めただけで通り過ぎた。茂兵衛は家の前まで来ると、歩調を緩め、足音を忍ばせて戸口近くに身を寄せた。

家のなかから、男たちの話し声が聞こえた。何を話しているか分からなかったが、武家言葉であることは分かった。それに、三、四人いるようだった。

茂兵衛は、戸口近くに身を寄せただけで通り過ぎた。一町ほど先の雑草でおおわれた空き地の前で、村越が待っていた。

茂兵衛は、後続の川澄たち三人がそばに来るのを待ち、

「家には、武士が三、四人いるな」

と、川澄たちに目をやって言った。

「剛村もいるようです」

中山が、家のなかで、剛村どの、と呼ぶ声を聞いたと言い添えた。

「重松どの、と呼ぶ声もしたぞ」

林崎が言った。

「重松の借家に、剛村と岸崎がいるとみていいな」

茂兵衛が言うと、脇にいた川澄が、

「何人か分からないが、国元から出府した普請方の者もいるかもしれない」

と、口を挟んだ。

「いても、四、五人だが……」

茂兵衛は、ここにいる五人で踏み込めば、岸崎たちを討てないことはないが、味

方からも犠牲者が何人か出るとみた。それに、倅夫婦の敵として、松之助とふたりで岸崎を討つことができなくなる。

「しばらく、様子をみるか」

茂兵衛が言うと、川澄たちもうなずいた。川澄たちも、味方から犠牲者が出るとみたのだろう。

茂兵衛たちは近くの樹陰に身を隠して、岸崎たちのいる家を見張ることにした。

陽は西の空にまわっていた。七ツ（午後四時）を過ぎているようだ。路地はひっそりして、ときどき地元の住人らしい者が通りかかるだけである。

「だれも、出てこないぞ。家にいる者たちは、泊まる気かな」

村越が、生欠伸《なまあくび》を噛《か》み殺して言った。

そのときだった。岸崎たちがいる家の表戸があいた。

「だれか、出てくる！」

川澄が、身を乗り出すようにして言った。

戸口から出てきたのは、大柄な武士だった。小袖に袴姿で、二刀を帯びていた。

その武士に、茂兵衛は見覚えがなかった。

「普請方の者かもしれぬ」

川澄が言った。川澄も、武士に見覚えがないようだ。

武士は、戸口まで顔を出した重松らしい男に、何やら声をかけてから路地に出た。

そして、茂兵衛たちが身をひそめている方に歩いてきた。

「どうする」

川澄が近くにいた茂兵衛に訊いた。

「あの男を捕らえよう」

茂兵衛は、姿を見せた武士から話を訊けば、借家にいる者たちのことも、国元から出府した普請方の者たちのことも知れるとみた。

7

茂兵衛たちは樹陰に身を隠して、大柄な武士が近付くのを待った。

武士は、辺りに目を配ることもなく歩いてくる。待ち伏せしている者がいるとは思っていないらしい。

武士が茂兵衛たちの近くまで来たとき、茂兵衛と村越が樹陰から飛び出し、武士の前に立ちふさがった。

つづいて、川澄、中山、林崎の三人が、路地に出た。川澄と中山が武士の背後にまわり、林崎は脇に立った。五人で、武士を取り囲んだのである。

武士は突然路地に飛び出してきた茂兵衛たちを見て、ギョッ、としたように立ち竦《すく》んだ。

「な、何者だ！」

武士が、声をつまらせて叫んだ。

「亀沢藩に、かかわりのある者だ」

言いざま茂兵衛は抜刀し、刀身を峰に返した。峰打ちにして取り押さえ、武士から話を聞くつもりだった。

川澄たちも次々に刀を抜き、切っ先を武士にむけた。いずれも、刀身を峰に返している。

「おのれ！」

武士も抜刀した。

武士は青眼に構え、剣尖を茂兵衛にむけたが、切っ先が震えていた。興奮と恐怖で、身が硬くなっているらしい。

茂兵衛も青眼に構えて、剣尖を武士にむけると、

「いくぞ！」

と、声をかけ、摺り足で武士との間合をつめ始めた。

武士は動かなかった。いや、動けなかったようだ。腰が浮き、刀の震えが激しくなった。隙だらけである。

茂兵衛は一気に斬撃の間境に踏み込んだ。そして、全身に気勢を漲《みなぎ》らせ、斬り込むとみせておいて、ふいに刀身を脇に下げた。

茂兵衛の正面が、がらあきになった。武士に、隙を見せたのだ。誘いである。

その隙に、武士が反応し、タアアッ！　と、甲走った気合を発して斬り込んできた。

振りかぶりざま、真っ向へ――。

だが、鋭さも迅《はや》さもない斬撃だった。

一瞬、茂兵衛は体を左手に寄せながら、刀身を横一文字に払った。

武士の切っ先は、茂兵衛の肩先をかすめて空を切り、茂兵衛の刀身は武士の腹を強打した。峰打ちが、胴に入ったのだ。

武士は呻き声を上げてよろめいた。そして、武士の足がとまったところに、川澄や村越たちが踏み込み、武士の肩先や背を押さえて、強引に樹陰に連れ込んだ。

「手ぬぐいで、この男の手を縛ってくれ」

川澄が、村越たちに言った。

すぐに、村越、中山、林崎の三人で、武士の両手を後ろにとって縛った。

「ここだと、通りかかった者に、声が聞こえるな。そこの笹藪《ささやぶ》の陰に連れていくか」

茂兵衛たちが身を隠している場所の背後に、笹藪があった。空き地の隅に、笹がわずかに生えているだけだが、身を隠すことはできそうだ。

茂兵衛たちは、捕らえた武士を笹藪の陰に連れていった。

「おぬしの名は」

川澄が訊いた。

茂兵衛は、川澄の脇に立っていた。国元から出府した普請方の武士のことを知っている川澄に、この場はまかせるつもりだった。

「…………!」

武士は、苦痛に顔をしかめたまま口をひらかなかった。峰打ちで強打された腹が痛むのだろう。

「おぬしの名は!」

川澄が語気を強くして同じことを訊いた。

「や、矢野成次郎《やのせいじろう》」

武士が、声をつまらせて名を口にした。

「普請方の者だな」

「そうだ」

矢野は否定しなかった。川澄が普請方と口にしているので、すでに知れていると思ったのだろう。

「重松の住む借家にいるのは、何人だ」

川澄が訊いた。

「い、いまは、四人だ」

「重松の他に、だれがいる」

「……………」

矢野は戸惑うような顔をしたが、何も言わなかった。

そのとき、川澄の脇で聞いていた茂兵衛が、

「借家に、岸崎と剛村がいるな」

と、語気を強くして訊いた。

矢野は顔を上げて茂兵衛を見ると、「いる」と小声で言った。

茂兵衛はそれだけ訊くと、身を引いた。

「もうひとりは、おぬしと同じ普請方の者だな」

川澄が訊いた。

「そうだ」

矢野は隠さずに答えた。話しているうちに、隠す気が薄れてきたのかもしれない。

「江戸に出た普請方の者は、ふたりだけか」

川澄が訊くと、矢野は顔を伏せて口をつぐんでいたが、

「他に、二人いる」

と、小声で答えた。

「その二人は、どこにいる」

「知らぬ」

矢野が顔を上げて言った。

「共に江戸へ出た仲間の居所を知らないのか」

「二人は、おれたちより遅く、国元を発《た》ったのだ。二人は品川宿にいたが、今日のうちにも宿場を出るはずだ」

「二人は宿場を出て、どこに行くことになっているのだ」

「分からぬ。藩邸にいる者が、迎えに行くようだ」

「迎えに行く者は、だれだ」

川澄が、畳み掛けるように訊いた。

「雲仙流の同門だった者らしいが、おれは名を聞いていない」

「うむ……」

川澄は、顔をしかめて口をつぐんだ。厄介なことになったと思ったらしい。品川宿にいる二人にくわえ、品川宿へ呼びに行く藩士も岸崎たちに与している者とみなければならないのだ。

8

「どうする」

川澄が、茂兵衛に訊いた。

「いずれ、品川宿にいる二人は、岸崎たちと合流するな」

茂兵衛は、合流すると、岸崎たち三人を討つのがむずかしくなるとみた。

「大勢になると、おれたちだけでは手に負えなくなる」

川澄の顔にも、憂慮の色が浮いた。

「合流するのは、いつとみる」

茂兵衛が、川澄に訊いた。

「藩士のだれが、品川宿まで二人を迎えに行くかにもよるが、恐らく町宿に住む者だろう。ひとまず、その家に腰を落ち着けるとみる。いずれにしろ、ここにある重松の家に住むことはないはずだ。……狭過ぎて、岸崎たちの他に、二人も住むことはできないからな」

川澄は、自分も町宿に住んでいるので、大勢で寝泊まりすることはむずかしいと分かっているようだ。

「明日まで、岸崎たちはここにとどまるとみるか」

茂兵衛が、念を押すように訊いた。

「とどまるはずだ。岸崎たちは、今夜ここに泊まるつもりだろう」

そう言って、川澄はその場にいた村越たちに目をやると、村越たち三人は無言でうなずいた。

「それなら、明朝、仕掛けないか」

茂兵衛が言った。

「明日か」

川澄が聞き直した。

「そうだ。いずれ岸崎たちは、新たに江戸に出た二人と合流するはずだ。そうなると、討つのも捕らえるのも、むずかしくなる」

「大勢になるからな」

「合流する前にやるなら、早い方がいい。明朝までに、ひとりでもふたりでも味方を増やして仕掛けるのだ」

茂兵衛が語気を強くして言った。

「藩邸にもどり、高島さまに話せば、何人か集められるはずだ」

川澄が言った。

「この機をとらえ、わしは国元で殺された倅夫婦の敵を討ちたい。できれば、孫の松之助にも、親の敵を討たせてやりたいのだ」

茂兵衛の声には、訴えるようなひびきがあった。

「伊丹どのの胸の内は、承知している」

そう言って、川澄が村越たちに目をやると、三人は茂兵衛に顔をむけてうなずいた。

「明日まで待ってくれれば、わしはこのまま長屋にもどり、松之助を連れて朝のうちに、この場にもどる」

茂兵衛は、福多屋の富蔵に頼んで船宿の舟を使おうと思った。

福多屋の近くに、船宿があった。富蔵なら、船宿の主人《あるじ》とも懇意にしているはずである。

松之助を連れ、浅草からこの場まで歩いて朝のうちに来るのはむずかしいが、舟なら容易である。

浅草の駒形堂近くの桟橋から舟に乗り、大川を下って増上寺の南方を流れる新堀《しんぼり》川《がわ》に入り、金杉橋《かねすぎばし》の近くの桟橋か船寄《ふなよせ》にとめてもらえば、あまり歩かずに、この場まで来られるはずだ。

茂兵衛が舟を使うことを話すと、

「伊丹どのたちが来るのを待っていよう」

川澄が、強いひびきのある声で言った。


茂兵衛が庄右衛門店にもどったのは、暗くなってからだった。松之助は座敷にいたが、茂兵衛の顔を見ると、「爺さまだ！」と声を上げた。

「松之助、いよいよ岸崎を討つときが来たぞ」

茂兵衛が、静かだが強いひびきのある声で言った。

「父上と母上の敵を討つのですね」

松之助の顔が強張ったが、目には子供とも思えない強いひかりが宿っていた。子供ながら、松之助の胸の内には、父母を殺された悲しみと岸崎に対する強い恨みが、薄れることなく残っているのだ。

「これまで、稽古していたとおりにやれば、必ず敵が討てる」

茂兵衛が言った。

「はい！」

松之助は、茂兵衛を見つめて声を上げた。

茂兵衛は松之助に、明朝舟で行くことを話し、

「舟を頼んでくるからな」

と、言い残し、腰高障子をあけて外に出た。

茂兵衛は、足早に福多屋にむかった。帳場に灯《ひ》の色があった。富蔵は帳場にいるらしい。

茂兵衛が店に入ると、帳場にいた富蔵が顔を出した。

「伊丹さま、何かありましたか」

富蔵が訊いた。顔に不安そうな色があった。何か大事が起こって、茂兵衛が飛び

込んできたと思ったらしい。

茂兵衛は倅夫婦の敵討ちのために、明朝、浜松町まで行かねばならないことを話し、

「すまぬが、船宿の主人に、舟を都合してもらえるよう、話してくれぬか」

と、言い添えた。

「承知しました。すぐに参りましょう」

富蔵は、いったん奥へ行き、おさよに出かけることを話してから、茂兵衛とともに店を出た。

大川端の道を駒形堂にむかって歩くと、川沿いに船宿が見えてきた。まだ、船宿は明るかった。二階の座敷に何人かの客がいて、飲み食いしているようだ。

富蔵は茂兵衛を連れて船宿に入ると、土間の右手の板場に、主人らしい男が庖丁を手にして立っていた。

「いらっしゃい」

男は庖丁をまな板の上に置き、濡《ぬ》れた手を前垂れで拭《ふ》きながら出てきた。

「富蔵さんですかい。何か、御用で」

主人らしい男が訊いた。

「伊助《いすけ》さんに、頼みがあってな」

富蔵が言った。親爺の名は、伊助らしい。

「何です」

「伊丹さまが、明朝、舟で浜松町まで行くことになったのだが、一艘《いっそう》都合してもらえるとありがたい」

富蔵につづいて、脇に立っていた茂兵衛が、

「急用でな。何とか、都合できぬか」

と、言い添えた。

「ようがす。舟を出しやしょう」

伊助が、声高に言った。

第五章　激闘

1

茂兵衛と松之助が、船宿の脇の桟橋に舫《もや》ってあった舟に乗り込むと、

「舟を出しやすぜ」

と、船頭の寅次《とらじ》が声をかけた。

まだ、明け六ツ（午前六時）前だった。東の空は曙《あけぼの》色に染まっていたが、陽は顔を出していなかった。船宿の軒下や大川の岸際に植えられた柳の陰などには、淡い夜陰が残っている。

大川は、日中、多くの猪牙舟《ちょきぶね》や茶船《ちゃぶね》などが行き交っているのだが、まだ川面《かわも》に船影は見えなかった。黒ずんだ川面に、無数の波の起伏が刻まれ、永代橋《えいたいばし》の彼方までつづいていた。流れの音だけが絶え間なく聞こえている。

寅次は棹《さお》を使って巧みに舟を川下にむけ、桟橋から離した。茂兵衛と松之助の乗る舟は、大川の川面を滑るように下っていく。

「爺さま！　速いです」

松之助は船縁《ふなべり》をつかみ、首を伸ばして周囲に目をやっている。大川端に住んでいながら、舟に乗るのは初めてだったのだ。

「松之助、座っているのだぞ。立ち上がると、川に落ちるからな」

茂兵衛が、大きな声で言った。小声では、大川の流れの音に掻き消されてしまうのだ。

松之助は船縁をつかんだまま、川の前方や、流れるように離れていく両岸に目をやっている。

舟は、大川にかかる両国橋、新大橋、永代橋とくぐって、佃島《つくだじま》の脇を通り過ぎた。そして、江戸湊《みなと》に入ると、岸際を通り、浜御殿の脇を南にむかった。

前方右手の岸際に大名屋敷がつづき、その先に増上寺の杜《もり》と堂塔が見えてきた。

「舟を川に入れやす」

そう言って、寅次は水押《みお》しを右手にむけた。前方右手に、増上寺の南側を流れる新堀川の河口が見えてきた。

茂兵衛たちの乗る舟は河口に入り、前方に金杉橋が迫ってきたところで、右手にあった船寄に舟をとめた。

「着きましたよ」

寅次が、茂兵衛たちに声をかけた。

茂兵衛と松之助は、舟から下りた。すると、寅次が、

「帰《けえ》りは、どうしやす」

と、艫《とも》に立ったまま訊いた。

「わしらは、歩いて帰る。いつになるか分からんからな」

そう言った後、茂兵衛は寅次に、「手間をとらせたな」と声をかけ、川沿いの通りに出る石段を上がった。

茂兵衛と松之助は、川沿いの小径《こみち》をたどって東海道に出た。そこは、浜松町四丁目だった。

茂兵衛たちは、東海道を北にむかった。重松や岸崎たちのいる借家は、増上寺の表門に近いところにあったのだ。

茂兵衛たちは、東海道を増上寺の門前近くまで歩いた。そして、街道沿いに見覚えのあるそば屋を目にすると、店の脇の路地に入った。

茂兵衛たちは路地をたどり、路地沿いにあった八百屋の前を通り過ぎたところで、足をとめた。

路地沿いに、見覚えのある仕舞屋が見えた。その家は重松の住む町宿で、岸崎や剛村もいるはずだった。

そのとき、路傍の樹陰から武士がひとり姿を見せた。村越である。

「爺さま、だれか来ます」

松之助が昂った声で言った。

「松之助、あの男は村越どのだ」

茂兵衛が言った。

村越は、足早に近付いてきた。そして、茂兵衛たちの前に足をとめると、

「ふたりが来るのを待っていた」

と、緊張した面持ちで言った。

「岸崎たちは、いるか」

すぐに、茂兵衛が訊いた。

「いるが、ひとり増えた」

「何者だ」

「名は分からぬが、国元から来た普請方のひとりらしい。何か連絡があって来たようだが、そのまま家に残っている」

「国元から来たばかりの者が、重松の住む借家がどこにあるかよく分かったな」

茂兵衛が訊いた。

「藩士に訊いて来たのではないか」

「そうかもしれぬ。……ところで、川澄どのたちは」

「いっしょに来てくれ。伊丹どのたちが来るのを待っている」

村越は先にたって歩きだした。

すこし歩くと、路地沿いの樹陰に人影があった。昨日、茂兵衛たちが身を隠した場所である。川澄たちらしい。見ると、昨日いっしょだった川澄、中山、林崎の他に、ふたりの武士の姿があった。

茂兵衛たちが樹陰にまわると、

「御使番《おつかいばん》の村上谷太郎《むらかみやたろう》です」

すぐに、中背の武士が名乗り、

「それがしも御使番で、青島嘉之介《あおしまよしのすけ》です」

つづいて、もうひとりも名乗った。

川澄によると、村上と青島は、年寄の鳴海に仕えており、剣もなかなかの遣い手だという。

「国元で勘定奉行を務めていた伊丹恭之助の父、伊丹茂兵衛でござる。同行したのは、孫の松之助」

茂兵衛が名乗ると、

「伊丹松之助です」

脇から、松之助が名乗った。

「よく存じております」

村上が言い、青島がうなずいた。

川澄は新しくくわわったふたりの藩士と、茂兵衛たちの顔合わせが済むのを待って、

「家に踏み込むか」

と、茂兵衛に訊いた。

「いや、何とか外に連れ出そう」

茂兵衛は、狭い家のなかで何人もが斬り合うと、同士討ちする恐れがあるとみた。それに、松之助とふたりで岸崎を討つことができない。

「そうしよう」

川澄も、岸崎たちを外に連れ出した方が討ちやすいとみたようだ。

「おれと村越とで、先に行く」

川澄が、茂兵衛たちに目をやって言った。

「わしと松之助は、後ろにつこう」

茂兵衛は、松之助をそばにおいておくつもりだった。ここで、別々に行動するのは、まだ年少の松之助には無理である。

川澄と村越が先にたち、その後に茂兵衛と松之助、さらに中山、林崎、村上、青島とつづいた。

借家の前まで行くと、川澄と村越のふたりが戸口に近付いた。茂兵衛や中山たちは、家の両脇に分かれ、川澄たちが岸崎たちを外に連れ出すのを待っている。ただ、茂兵衛は戸口のすぐ脇まで行って、なかのやり取りを耳にするつもりだった。川澄たちが危ないようだったら、家のなかに飛び込むのである。

2

「入るぞ」

川澄が小声で言い、戸口の引き戸をあけて村越とともに踏み込んだ。

土間の先に狭い板間があり、その奥が座敷になっていた。四人の武士が車座になり、貧乏徳利の酒を湯飲みで飲んでいた。

四人は板戸があいて、いきなり戸口から入ってきた川澄と村越に目をやり、

「川澄と村越だ！」

と、重松が声を上げた。ふたりの顔を知っているようだ。

「表に出ろ！」

川澄が声高に言った。

「ふたりだけか」

岸崎が傍らに置いてあった大刀に手を伸ばして訊いた。

「ふたりだけで、来ると思うか。藩の者が外にいる。出てこなければ、大勢で踏み込んで、おぬしたちを討ち取るだけだ」

川澄は、外に味方が来ていることをあえて口にした。ふたりで来たと言っても、信ずるはずはないのだ。

岸崎たちは、座敷にいた剛村と重松、それに普請方の武士に目をやり、

「どうする。外でやるか」

と、訊いた。

「狭い家のなかでは、存分に刀をふるうこともできぬな」

そう言って、剛村が刀を手にして立ち上がった。鞘が長い。かなりの長刀である。

「よかろう」

岸崎も立ち上がった。

すると、座敷にいた重松と普請方の男も、刀を手にして立ち上がった。顔が強張っている。

川澄と村越は、素早く敷居を跨いで外に出た。そして、戸口から離れ、路地のなかほどに立った。

茂兵衛と松之助は、家の脇に身を隠していた。岸崎が姿をあらわしたら飛び出すつもりだった。

川澄たちからすこし間を置いて、まず重松と剛村が戸口から外に出てきた。ふたりは、戸口に立ったまま周囲に目をやった。このとき、中山たちも、茂兵衛たちとは反対側の家の脇に身を隠していた。

重松と剛村につづいて、岸崎と普請方の武士が戸口から出てきた。ふたりは戸口に足をとめ、周囲に目を配った。

茂兵衛は、松之助に身を寄せ、

「ふだんの稽古だと思え」

と、耳打ちした。

松之助は小さく頷いて、腰の刀を抜こうとした。それでも目がつり上がり、体が顫えていた。気が異様に昂っている。

茂兵衛は松之助の肩をつかみ、

「落ち着け。いつもの剣術の稽古と同じだぞ」

と、松之助だけに聞こえるよう、声をひそめて言った。

松之助は、刀の柄をつかんだまま離さなかったが、表情が平静になり、いくぶん体の震えが収まってきた。

重松と剛村は、身を隠している者たちに気付かなかったらしく、ゆっくりとした足取りで路地に出た。そして、路地に立っている川澄と村越を前にして足をとめた。ただ、川澄たちの間は、五、六間ほどもあった。

このとき、家の脇に身を隠していた中山たち四人が飛び出し、剛村と重松の背後にまわり込んだ。

これを見た茂兵衛は、

「松之助、行くぞ！」

と、松之助に声をかけて飛び出した。

松之助は茂兵衛につづいた。必死に、茂兵衛についていく。

茂兵衛が岸崎の前に立ち、松之助は岸崎の左手にまわり込んだ。ふたりは稽古のおりと同じ位置をとったのだ。

「父上と母上の敵！」

松之助が叫んだ。

すると、岸崎といっしょにいた普請方の武士に、戸惑うような表情が浮いた。年寄りと子供が岸崎に対し、敵を討つために立ち向かってきたことを知ったからだろう。

「増川《ますかわ》、こやつは、おれが斬る。おぬしは、剛村どのたちを守れ！」

岸崎が声高に言った。普請方の武士の名は、増川らしい。

岸崎は、子供の松之助のことを口にしなかった。無視したようだ。それに、剛村が討たれるようなことになれば、川澄たちが、茂兵衛たちの助太刀にくわわるとみたのかもしれない。

増川は戸惑うような顔をしたが、その場を離れて剛村たちの方へむかった。

「返り討ちにしてくれるわ」

言いざま、岸崎が抜刀した。

すかさず、茂兵衛が刀を抜き、つづいて松之助も抜いた。

岸崎は青眼に構えた。腰の据わった隙のない構えである。それに、身辺には、真剣勝負で人を斬ったことのある者特有の鋭い殺気がただよっていた。

茂兵衛も、相青眼にとった。岸崎の左手にまわった松之助も青眼である。松之助の構えは、ぎこちなかった。それに、目がつり上がり、体が顫えている。

「松之助、稽古と同じだぞ」

茂兵衛が、静かな声で言った。なんとか、松之助の恐怖と気の昂りを静めようとしたのだ。

「は、はい！」

松之助が声を上げた。

茂兵衛と岸崎との間合は、三間半ほどもあった。まだ、一足一刀の斬撃の間境まではかなりある。

「いくぞ！」

茂兵衛が声をかけ、足裏を摺るようにしてジリジリと間合を狭め始めた。すると、松之助もすこしずつ前に出てきた。

岸崎は動かなかった。視線を茂兵衛にむけ、ふたりの間合を読んでいる。松之助は念頭にないようだった。

3

このとき、剛村が、対峙していた川澄に仕掛けた。素早い寄り身で斬撃の間境に踏み込むや否や、

イヤアッ！

と、裂帛《れっぱく》の気合を発して斬り込んだ。二尺七、八寸はあろうかという長刀だった。

上段から真っ向へ——。

刃唸《はうな》りをたてて長刀が、川澄の頭上に振り下ろされた。

……岩砕きだ！

川澄は頭のなかで叫び、体を右手に寄せざま刀身を振り上げた。咄嗟に、体が反応したのである。

川澄の頭上で金属音がひびき、青火が散った。川澄は剛村の真っ向への斬撃を受けたのだ。

瞬間、川澄の刀身は叩き落とされた。左肩から胸にかけて小袖が斬り裂かれ、激痛がはしった。

川澄は後ろによろめいた。小袖が裂け、あらわになった肩から胸に血の線がはしり、血が流れ出た。だが、それほどの深手ではなかった。薄く肌を斬り裂かれただけらしい。

剛村の岩砕きの斬撃は、咄嗟に川澄が右手に体を寄せたため、頭でなく肩から胸にかけて斬り裂いたのだ。

川澄は身を引いて青眼に構えたが、体が揺れ、切っ先が震えていた。

「次は、頭を砕いてくれよう」

剛村は、ふたたび上段に構えた。

剛村は大柄だった。手にしているのは長刀である。しかも、大上段に構え、刀身を垂直に立てている。まるで、大樹のような大きな構えだった。

川澄は肩から胸にかけて斬られたこともあって、剛村と対峙していられなかった。青眼に構えたまま後じさった。

剛村は川澄との間合をつめてくる。

一方、茂兵衛は岸崎と対峙していた。増川が離れたため、近くにいるのは岸崎ひとりである。その岸崎の左手に、松之助が立っていた。松之助は目をつり上げ、必死の形相で青眼に構えた刀の切っ先を岸崎にむけている。

茂兵衛は無言のまま趾《あしゆび》を這うように動かし、ジリジリと間合を狭め始めた。松之助もぎこちない動きだが、間合をつめていく。

岸崎は後じさった。斬撃の間境に入るのを避けようとしているようだ。

そのときだった。川澄の悲鳴が聞こえた。さらに剛村の斬撃を浴びたのであろうか。川澄の悲鳴で、一瞬、茂兵衛の視線が川澄の方に流れた。

その瞬間を岸崎がとらえた。反転し、いきなり走りだしたのだ。

「爺さま！」

松之助が叫んだ。

茂兵衛は岸崎に目をやった。岸崎は抜き身を手にしたまま、村越や中山たちのいない方へむかって走っていく。

「逃げるか！」

茂兵衛は、抜き身を手にしたまま岸崎の後を追った。松之助も、懸命に追っていく。

だが、岸崎と茂兵衛たちの間はひらくばかりだった。無理もない。茂兵衛は老齢だし、松之助は子供だった。

それでも、茂兵衛たちは一町ほども岸崎の後を追った。逃げる岸崎の姿が遠くなっていく。

「に、逃げられた！」

茂兵衛は喘《あえ》ぎながら足をとめた。

後ろから走ってきた松之助も、茂兵衛と並んで立ち止まった。ふたりは苦しげな喘ぎ声を上げている。

ふたりの背後で、気合や刀身を弾き合う音などが聞こえた。見ると、村越たちが剛村たちと闘っている。

茂兵衛は、川澄が村越たちの背後に身を引いているのを目にした。しかも、川澄は路傍に蹲っている。

……川澄どのは、斬られたのか！

茂兵衛は、すぐに村越たちのいる方へむかった。松之助も後ろから、遅れずについてきた。

剛村と村越が、対峙していた。剛村は長刀を上段に振りかぶっていた。その剛村の左手に中山が立ち、青眼に構えて切っ先をむけている。

借家の住人だった重松は、路傍に伏して呻き声を上げていた。斬られたらしい。

……村越どのが、あやうい！

と、茂兵衛はみて、走りだした。後を松之助が追ってくる。

すぐに、茂兵衛は息があがった。茂兵衛は走るのが苦手である。それでも、茂兵衛は村越のそばまで来ると、大きく息を吸って吐いた後、

「こ、こやつは、わしが相手をする」

と言って、村越の脇に歩を寄せた。

村越は対峙していた剛村から身を引いた後、茂兵衛に目をやって、戸惑うような顔をした。茂兵衛の息が荒かったからである。

「息は、すぐに静まる」

茂兵衛が言った。

「岸崎は、どうした」

村越が訊いた。

「やつは、逃げた」

茂兵衛が、無念そうな顔をして言った。

村越は戸惑うような表情を浮かべたが、

「剛村は、伊丹どのにまかせよう」

そう言って、さらに身を引き、路傍に蹲っている川澄に足早に近付いた。

茂兵衛は後ろに立っている松之助に目をやり、

「松之助、離れていろ。近付くでないぞ」

と、強い口調で言った。

茂兵衛は松之助が離れるのを待ってから、剛村の前に立った。

4

「老いぼれ、岸崎はどうした」

剛村が訊いた。

「逃げた。おぬしたちを見捨ててな」

茂兵衛は、手にした刀の切っ先を剛村にむけた。

対峙したふたりからすこし離れたところに、中山や林崎たちが立ち、抜き身を手にしたまま闘いの様子を見つめている。

「この場に残ったのは、おれひとりか」

剛村はそう言って、手にした長刀の切っ先を茂兵衛にむけたが、顔に戸惑うような色があった。

この場に残ったのは自分ひとりで、敵は何人もいる。茂兵衛を破っても、この場に残った者たちに討たれると思ったのかもしれない。

「剛村、いくぞ」

茂兵衛はあらためて青眼に構え、剣尖を剛村にむけた。

「おお！」

と、剛村は声を上げ、青眼に構えたが、すぐに大上段に構えなおした。刀の柄をつかんだ両拳を高くとり、刀身を垂直に立てた。大きな構えである。相手の頭を斬り割る岩砕きの構えだった。

茂兵衛は剛村の構えをみて、手練だ！　とみた。剛村の岩砕きの構えには隙がなく、上から覆いかぶさってくるような威圧感があったのだ。

剛村の顔にも、驚きの色があった。茂兵衛の隙のない腰の据わった構えをみて、遣い手とみたようだ。

茂兵衛と剛村との間合は、およそ三間半。まだ、一足一刀の斬撃の間境の外である。茂兵衛は、全身に斬撃の気配を見せ、気魄で剛村を攻めた。

剛村は、大上段に構えたまま動かなかった。それに、近くにいる中山たちを気にしているのか、気が集中していないように感じられた。剛村は、動きによって背後や脇から中山たちに攻撃されるとみているのかもしれない。

茂兵衛は先《せん》をとろうと思い、

「いくぞ！」

と、声をかけ、全身に気勢をこめて、摺り足で剛村との間合をつめ始めた。

すると、剛村は大上段に振りかぶったまま後じさった。

……妙だ！

と、茂兵衛は思った。

上段は、攻めの構えである。しかも、剛村は岩砕きと呼ばれる上段からの一太刀で、敵の頭を斬り割る剣を遣う。もっとも攻撃的な刀法である。その剛村が、何もせずに身を引いたのだ。

さらに、茂兵衛は前に出た。すると、剛村は素早い動きで身を引き、茂兵衛との間が大きくひらいた。

「勝負、預けた！」

剛村は、茂兵衛に声をかけて反転した。そして、抜き身を手にしたまま走りだした。逃げたのである。

剛村の後方にいた村上が刀を手にして、剛村の前に立ち塞がろうとした。

「手を出すな！　斬られるぞ」

茂兵衛が声をかけた。剛村ほどの遣い手になれば、走りながらでも長刀で敵を斬ることができる。

村上は慌てて路傍に身を寄せた。

剛村は村上にかまわず、抜き身を手にしたまま走り去る。

茂兵衛は、村上とそばにいた青島に、

「剛村の跡を尾けて、行き先をつきとめてくれ」

と、頼んだ。茂兵衛の胸の内には、剛村は先に逃げた岸崎と合流するのではないかという読みがあったのだ。

茂兵衛はすぐに、路傍に蹲っている川澄のそばに走り寄った。川澄は肩から胸にかけて斬られていた。小袖が裂け、あらわになった胸が、血で真っ赤に染まっていた。まだ、傷口から血が流れ出ている。

出血は多かったが、茂兵衛は深い傷ではないとみた。肌を浅く斬り裂かれただけで、筋や骨には異常がないようだ。ただ、出血が多いので、このままにしておくと、命にかかわるかもしれない。茂兵衛は、ひとはそれほどの深手でなくとも、大量の出血で死ぬことを知っていた。

「手ぬぐいを出してくれ」

茂兵衛はその場に集まった男たちの手から手ぬぐいを受け取ると、何枚か重ねて折り畳んだものを傷口に当てた。そして、別の手ぬぐいを切り裂いて帯状にし、肩から脇にまわして強く縛った。

「川澄どの、左腕を動かさぬようにな」

茂兵衛が言った。

「すまぬ」

川澄の顔がやわらぎ、口許《くちもと》に苦笑いが浮いた。


そのころ、村上と青島は、剛村の跡を尾けていた。ふたりは、剛村が振り返っても気付かれないように間をとり、路地沿いの物陰に身を隠したり、通行人の陰にまわったりして跡を尾けた。

剛村は、路地を東海道の方へむかって足早に歩いた。ときどき、背後を振り返って尾行者はいないか確かめているようだったが、しばらく歩くと振り返らなくなった。跡を尾けてくる者はいないとみたのだろう。

剛村は東海道に出ると、北にむかった。通りかかる旅人や供連れの武士などの間を足早に歩いていく。この辺りは、大名屋敷の多い愛宕下の大名小路に近いせいか、武士の姿も目についた。

剛村は、しばらく東海道を北にむかって歩いてから、街道沿いにあった笠屋《かさや》の脇の路地に入った。この辺りは、柴井町《しばいちょう》である。

笠屋の店先には、菅笠《すげがさ》、網代笠、八ツ折り笠などがぶら下がっていた。「合羽処《カッパどころ》」と記された張り紙もあった。笠だけでなく、合羽も売っているらしい。旅人相手の店のようだ。

村上と青島は、小走りになった。剛村が路地に入ったため、姿が見えなくなったからだ。ふたりは笠屋の前まで来て、路地の先に目をやった。剛村の後ろ姿が見えた。人通りのすくない路地を、足早に歩いていく。

村上たちは剛村の姿が遠ざかるのを待って、路地に入った。行き来するひとの姿がすくないので、近付くと気付かれる恐れがあったのだ。

村上たちは路地に入ると、路地沿いにあった店や路傍の樹陰などに身を隠しながら、剛村の跡を尾けた。

前を行く剛村は背後を振り返ってみることもなく、足早に歩いた。そして、路地に入って数町歩いたとき、路地沿いにあった仕舞屋の前で足をとめた。借家らしく、同じ造りの家が三棟並んでいる。

剛村は手前の家の戸口に近付くと、路地の左右に目をやってから板戸をたたいた。

すぐに板戸があき、武士らしい男が顔を見せて剛村をなかに入れた。

5

「あの家は、藩士の住む町宿ではないか」

村上が小声で言った。

「だれの住む家かな」

青島が戸口に目をやり、首をひねった。思いあたる者がいないのだ。

「分からぬ。……近付いてみるか」

村上と青島は、通行人を装って家の前を通ってみることにした。ただ、用心しないと危ない。いま家に入った遣い手の剛村にくわえ、家の住人も武士のようだ。剛村に与する者にちがいない。遣い手の剛村と家の主に襲われたら、村上と青島では、太刀打ちできないだろう。

村上たちは足音をたてないように歩き、家の前もそのままの歩調で通り過ぎた。そして、一町ほども歩いてから足をとめた。

「おい、家のなかには、何人もいたようだぞ」

村上が、複数の人声が聞こえたことを話した。

「いずれも武士のようだ」

青島も人声を聞いたらしい。

「おい、江戸に出た普請方の者たちではないか。たしか、川澄どのが、捕らえた矢野の話として、藩邸にいる藩士が品川宿に迎えに出て、普請方の者たちを連れてきたと話していたぞ」

村上が昂った声で言った。

「そうか。ここにいるのは、江戸に出た普請方の者たちか」

青島が納得したようにうなずいた。

「それに、この家を町宿として使っている江戸詰の藩士だ」

「どうする」

「すぐに、村越どのたちに知らせよう」

村上と青島は、来た道を足早にもどった。

茂兵衛たちは、まだ重松が住んでいた借家の前に残っていた。すでに重松は路傍で息絶えている。川澄の姿もあった。川澄の顔は苦痛にゆがんでいたが、立っていた。自力で、歩けるらしい。

村上と青島は茂兵衛たちのそばに行くと、剛村の入った家と、なかにいたのは江戸詰の藩士と品川宿から来た普請方の者たちらしいことを話した。

「その借家に、先に逃げた岸崎はいたか」

すぐに、茂兵衛が訊いた。

「他に、だれがいたかはっきりしません。ただ、何人もの武士がいたことは確かです」

村上が言った。

「そこに、剛村がいることはまちがいない。……どうする。このまま借家に行き、剛村たちを押さえるか」

村越が、その場にいる男たちに目をやった。

「借家に踏み込もう。ここで、日を置いたら、また剛村や岸崎の居所がつかめなくなるからな」

茂兵衛はそう言ったが、借家に岸崎がいるかどうか、はっきりしなかった。

「お、おれも行く」

川澄が顔をしかめて言った。傷が痛むのであろう。

「川澄どのは、見てるだけだぞ」

「仕方ないな」

川澄は苦笑いを浮かべた。

「行くぞ」

村越が声をかけ、先にたった村上と青島につづいた。さらに、すこし間をとって茂兵衛と松之助、それに中山たちが後についた。

茂兵衛たちは、村上たちの先導で東海道へ出ると、北に足をむけて街道沿いにあった笠屋の脇の路地に入った。

路地をいっとき歩くと、先を行く村上たちが路傍に足をとめた。

村上は、後続の茂兵衛や中山たちが近付くのを待ち、

「借家が三棟並んでいるが、剛村はそこの家に入ったのです」

と、手前の家を指差して言った。

「剛村たちは、いるかな」

村越は借家に目をやっている。

「ここにいてくだされ。それがしが、様子をみてきます」

村上は、すぐにその場を離れた。

村上は通行人を装って、三棟並んでいるうちの手前の家に近付き、歩調も変えずにそのまま家の前を通り過ぎた。そして、半町ほど歩いてから踵を返し、茂兵衛たちのいる場にもどってきた。

「どうだ、様子は」

村越が訊いた。

「家のなかから何人もの声が聞こえました。だれがいるか、分かりませんが、武士であることは確かです」

村上が、家のなかから聞こえたのは、いずれも武家言葉だったことを言い添えた。

「家にいる者を外におびき出そう。狭い家のなかに踏み込むと、大勢犠牲者が出る」

茂兵衛が言った。

その場の打ち合わせで、村越と茂兵衛が踏み込み、なかにいる者たちを外に連れ出すことになった。

茂兵衛たちは、借家にむかった。そして、家の手前まで来ると、茂兵衛と村越が戸口に近付き、他は家の両脇に身を隠した。

松之助は川澄といっしょに、一軒離れた別の借家の脇にまわった。家のなかに岸崎がいれば、茂兵衛といっしょに父母の敵を討つために飛び出すが、岸崎がいなければ、川澄といっしょにその場に隠れているのだ。

「踏み込むぞ」

茂兵衛が、村越に声をかけて引き戸をあけた。

土間につづいて狭い板間があり、その先に障子がたててあった。座敷になっているらしく、ひとが大勢いる気配がした。声や物音が聞こえないのは、座敷にいる者たちが、ひとの入ってきた気配を感じとったからだろう。

「何者だ！」

障子の向こうで、男の声がした。武士らしい。その声につづいて、何人もが動く物音がした。刀をつかんだり、立ち上がったりしたようだ。

「亀沢藩の者だ！　なかにいるのは、剛村たちだな」

村越が声高に言った。

すると、障子が荒々しく開け放たれた。姿を見せたのは、四人の武士だった。茂兵衛は、剛村以外の三人の武士が何者か知らなかった。三人とも、初めて見る顔だった。おそらく、この借家に住む江戸詰の藩士と、品川宿から来たふたりの普請方の者であろう。

岸崎の姿は、なかった。ここには来ずに、別の場所にむかったらしい。

6

「剛村、表に出ろ。勝負をつけようぞ」

茂兵衛が、剛村を見すえて声をかけた。

「よく、ここが分かったな」

剛村が、手にした長刀を腰に帯びながら言った。双眸《そうぼう》が、切っ先のように鋭いひかりを放っている。

「うぬの跡を尾けたのだ」

茂兵衛が言った。

「迂闊《うかつ》だったな」

剛村は、村越にも目をやり、「ふたりだけでは、あるまい」と訊いた。

「どうかな」

村越は曖昧な物言いをした。

「剛村、座敷でやるか」

茂兵衛は剛村を見すえ、語気を強くして言った。

「表でやろう」

剛村はゆっくりとした動きで、戸口に足をむけた。剛村の遣う岩砕きの太刀は、長刀を大上段に構える。狭い座敷のなかでは、遣いづらいのだ。

座敷にいた他の三人は、戸惑うような顔をして立っていたが、剛村の後につづいた。座敷に踏み込まれたら、逃げ場がないとみたのであろう。

茂兵衛は戸口から離れ、路地のなかほどに立った。剛村は、茂兵衛から三間半ほどの間合をとって対峙した。

剛村につづいて、三人の武士も戸口から出た。そして、周囲に目をやり、近くに人影がないのを見ると、その場から逃げようとした。

そのとき、家の両脇に身を潜めていた林崎たちがいっせいに飛び出し、姿を見せた三人を取り囲むように立ち塞がった。

林崎が、藩士のひとりの前に立ち、

「室川《むろかわ》か！」

と、声高に言った。どうやら、借家に住んでいたのは室川という名らしい。

中山たちは、他の二人を取り囲むように立った。ただ、家の前は狭いので、路傍の叢《くさむら》のなかに立った者もいる。

川澄と松之助は、借家の脇から出てこなかった。岸崎の姿がなかったからである。

茂兵衛は青眼に構えた。剛村は、長刀を大上段にとっている。この構えから、岩砕きの太刀を遣うのだ。

茂兵衛は、すでに剛村の大上段の構えと対峙したことがあったので、驚かなかった。気を静めて、青眼に構えた剣尖を剛村の刀の柄を握った左拳につけていた。上段に対応する構えである。

茂兵衛と剛村の間合は、およそ三間半——。両者とも、一足一刀の斬撃の間境の外にいた。その遠間《とおま》から気魄で攻め、敵の気の乱れをついて、仕掛けるのである。

ふたりは全身に気魄を込め、斬撃の気配を見せて敵を攻めた。ふたりは、動かなかった。気の攻防がつづいている。

どれほどの時が過ぎたのか。ふたりには、時の経過の意識はなかった。気魄で敵を攻めることに集中していたのだ。

そのとき、すこし離れた闘いの場で、絶叫がひびいた。村越たちに、家にいた普請方のひとりが斬られたらしい。

その絶叫で、茂兵衛と剛村の間に張り詰めていた緊張が切り裂かれた。

先《せん》をとったのは、剛村だった。

「いくぞ！」

と、声をかけ、趾《あしゆび》を這うように動かし、ジリジリと間合をつめてきた。

対する茂兵衛は、動かなかった。全身に気勢を込め、斬撃の気配を見せて気魄で剛村を攻めている。

ふいに、剛村の寄り身がとまった。まだ、斬撃の間境まで半間ほどある。剛村は、まったく気の乱れがない茂兵衛を見て、このまま斬撃の間境に踏み込むのは危険だと察知したらしい。

剛村は全身に激しい気勢を込め、大上段から斬り下ろす気配を見せて、ウウウッと獣の唸るような声を発した。

剛村の顔が赭黒く染まり、その大柄な体がさらに大きく膨れ上がったように見えた。凄まじい威圧である。

茂兵衛は気を静めたまま、剛村の威圧に耐えた。その威圧に呑まれると、岩砕きの太刀を浴びるとみたのだ。

いきなり、剛村が動いた。全身に斬撃の気配を見せたまま、すこしずつ斬撃の間合に迫ってくる。

……あと、一歩！

茂兵衛が、斬撃の間境まで一歩と読んだ。

そのとき、剛村の全身に斬撃の気がはしった。

一瞬、茂兵衛は右手に一歩踏み込みざま、手にした刀を振り上げて剛村の真っ向への斬撃を受けようとした。

だが、間に合わなかった。剛村の切っ先が、茂兵衛の肩先をとらえた。次の瞬間、茂兵衛は右手に踏み込みながら刀を袈裟に払った。一瞬の反応である。茂兵衛の切っ先が、剛村の左袖を斬り裂いた。

ふたりは交差し、大きく間合をとってから反転した。そして、ふたたび大上段と青眼に構えあった。

茂兵衛のあらわになった左肩から、血が流れ出ている。だが、それほどの深手ではなかった。皮肉を浅く裂かれただけである。

一方、剛村も、茂兵衛の斬撃を浴びていた。あらわになった左の前腕が切り裂かれ、血が流れている。

「相打ちか」

剛村が、茂兵衛を睨むように見すえて言った。

「そうかな」

茂兵衛は、相打ちではない、とみた。ふたりの斬撃は、同じように敵の皮肉を切り裂いていた。ただ、場所がちがった。茂兵衛は肩先で、剛村は左の前腕だった。

剛村の岩砕きの太刀は、大上段に振りかぶらねばならない。剛村の左の前腕からの出血は、顔面近くに流れ落ちる。その血に気を奪われ、一瞬の動きをにぶくするはずだ。

7

茂兵衛と剛村は、およそ三間の間合をとって対峙していた。茂兵衛は青眼、剛村は大上段に構えている。

剛村は両腕を高くとり、切っ先で天空を突くように、刀身を垂直に立てていた。左の前腕は、額の先にあった。その前腕からの出血が、赤い筋を引いて剛村の顔の前を流れ落ちている。

剛村が、顔をしかめた。顔の前を流れ落ちる血が気になるらしい。

茂兵衛は剛村の気が乱れたのを察知し、摺り足ですこしずつ間合を狭め始めた。対する剛村は、大上段に構えたまま動かない。

ふたりの間合が狭まるにつれ、茂兵衛の全身に斬撃の気が満ちてきた。対する剛村も、岩砕きを放つ機をうかがっている。

茂兵衛は間合をつめながらも、剛村の気の動きを読んでいた。茂兵衛は、剛村の気の乱れをついて仕掛けるつもりだった。

茂兵衛は一足一刀の斬撃の間境まで、あと半間ほどに迫ったとき、寄り身をとめた。そして、斬撃の気配を見せながら剛村の気の動きをうかがった。

茂兵衛は剛村が顔をしかめた一瞬をとらえ、一歩踏み込んだ。刹那《せつな》、剛村の全身に斬撃の気がはしった。

……まだ、間合の外だ！

茂兵衛は頭のどこかで叫び、一歩身を引いた。

次の瞬間、剛村は裂帛の気合を発して、斬り込んできた。

真っ向へ――。岩砕きの剛剣である。

剛村の切っ先が、茂兵衛の眼前をかすめて空を切った。刹那、茂兵衛は両腕を伸ばし、刀を横に払った。その切っ先が、踏み込んできた剛村の額を横に斬り裂いた。

グワッ、という悲鳴とも唸りともつかぬ声を上げ、剛村は後ろによろめいた。額から流れ出た血が、剛村の顔を赤く染めている。

「おのれ！」

剛村は一声叫ぶと、大上段に振りかぶった。

額から流れ出た血で真っ赤に染まった顔から、ふたつの目が浮き上がったように見えた。まさに、鬼のような形相である。

剛村の体が揺れ、大上段の構えもくずれていた。

茂兵衛はこの機をとらえ、素早い動きで斬撃の間境に踏み込んだ。

イヤアッ！

剛村が凄まじい気合を発して、斬り込んだ。

大上段から真っ向へ——。

だが、迅《はや》さも鋭さもなかった。茂兵衛は右手に踏み込んで剛村の切っ先を躱《かわ》すと、刀を袈裟に払った。

茂兵衛の切っ先が、剛村の首をとらえた。次の瞬間、血が赤い帯のようにはしった。首の血管《ちくだ》を斬ったらしい。

剛村は血を撒きながらよろめき、足がとまると、腰から崩れるように倒れた。剛村は地面に腹這いになり、両手を地面について首を擡《もた》げた。そして、身を起こそうとしたが、すぐに力尽きて、ぐったりとなった。

茂兵衛が剛村の脇に立ち、

「まさに、鬼のような男だった」

と、つぶやいた。そのとき、背後で足音が聞こえた。

振り返ると、川澄と松之助が近付いてくる。ふたりは、家の脇から茂兵衛と剛村の闘いを見ていたが、茂兵衛が剛村を倒すと、その場にいられなくなって飛び出してきたのだ。

「爺さま！」

松之助が声を上げ、茂兵衛の袖をつかんだ。

「何とか、岩砕きの太刀を破った」

そう言って茂兵衛が松之助と川澄に目をやり、「村越たちは、どうなった」と川澄に訊いた。

すると、川澄は村越たちが闘っていた家の戸口近くに目をやり、

「始末がついたようだ」

と、ほっとした顔で言った。

見ると、借家の前に立っている村越たちの姿が見えた。村越たちは、地面に尻餅《しりもち》

をついているふたりの武士を取り囲んでいた。ふたりは、村越たちの斬撃をあびたようだ。借家にいた普請方の者らしい。

茂兵衛たちは、村越たちに近付いた。すると、村越が茂兵衛に顔をむけ、

「岩砕きの太刀を破ったのを見たぞ」

と、昂った声で言った。

「助太刀に行こうとしたが、伊丹どのが、剛村を討ち取ったところだった」

村越の脇にいた中山が言い添えた。

「わしのことより、そのふたりは」

茂兵衛が、地面にへたり込んでいるふたりの武士に目をやって訊いた。

ふたりの武士の顔や小袖が、血に染まっていた。ただ、深い傷ではなく、身を起こしていられるようだ。

「国元から江戸に出た普請方の者だ」

中山が言った。

「なんという名かな」

茂兵衛が、穏やかな声で訊いた。

ふたりの男は、茂兵衛を見て驚いたような顔をした。老齢で、しかも子供を連れていたからだろう。

「佐々村藤五郎《ささむらとうごろう》」

面長の男が、名乗った。名を隠す必要はないと思ったのだろう。

すると、もうひとりの小柄な男が、

「吉沢又次郎《よしざわまたじろう》だ」

と、名乗った。

「ここに、岸崎虎之助という男は来なかったか」

茂兵衛が、岸崎の名を出して訊いた。

「岸崎どのの名は聞いているが、ここには来なかった」

佐々村が言うと、吉沢もうなずいた。

「岸崎がどこにいるか、知るまいな」

「知らぬ」

佐々村が小声で言った。

茂兵衛はそれだけ訊くと、身を引いた。後のことは、村越や川澄にまかせるつもりだった。

「ふたりは、だれの指図で江戸へ出てきたのだ」

村越がふたりの前に立って訊いた。

ふたりは戸惑うような顔をして口をつぐんでいたが、

「普請奉行の竹沢さまのお指図だ」

佐々村が答えた。

「江戸へ出て、何をせよ、と竹沢さまは仰せられたのだ」

「そ、それは……」

佐々村が、言いにくそうな顔をした。

「いまさら、隠してどうなる。このままだと、おぬしらは勝手に脱藩し、江戸に出て理由もなく藩の者を襲ったことになるぞ」

村越はそう言った後、

「竹沢さまの指図が、あったのではないか」

と、語気を強くして訊いた。

「た、竹沢さまに、江戸にいる雲仙流一門の藩士に会ってから、岸崎どのたちに味方をするように言われてきたのだ」

佐々村が、声をつまらせて言った。

脇にいた吉沢は、何も言わずに顔を伏せてしまった。

「ただ、竹沢の指図にしたがっただけではあるまい。このままでは、藩にはもどれないし、下手をすれば、おぬしたちは普請方の役柄を失うだけでなく、家もつぶれることになるぞ」

村越は竹沢を呼び捨てにした。此度の騒動の黒幕とみたのだろう。

「…………」

佐々村と吉沢は、口をとじたまま視線を膝先に落としてしまった。ふたりの体が、小刻みに顫えている。

「何か、餌をぶら下げられたな。……金か」

村越が語気を強くして訊いた。

すると、これまで黙っていた吉沢が顔を上げ、

「ちがう、金ではない」

と、村越に目をやって言った。

「では、なんだ」

「雲仙流一門のため、と言われたのだ」

「それだけか。……一門のためなら、役柄も家も捨てるというのか」

「た、竹沢さまに、国元に帰ったら、徒士組か先手組の小頭に推挙すると言われて……」

そう言って、吉沢はがっくりと肩を落とした。

「やはり、竹沢に踊らされたのか」

村越が言うと、脇にいた中山たちもうなずいた。

第六章　仇討ち

1

「松之助、刀の先を岸崎の脇腹にむけろ」

茂兵衛が声をかけた。

「はい！」

松之助は、手にした刀の切っ先をすこし低くした。

ふたりがいるのは、ふだん剣術の稽古場に使っている庄右衛門店のそばにある空き地だった。

茂兵衛が、剛村を討ち取って三日経っていた。亀沢藩の江戸における騒動は収まってきたようだが、茂兵衛と松之助にとっては大事な敵討ちが残っていた。それに、敵の岸崎の居所もつかんでいなかった。ただ、川澄や村越など目付筋の者が、岸崎の行方を探ってくれているので、いずれ居所はつかめるだろう。

茂兵衛には、一度松之助とふたりで岸崎に切っ先をむけながら、逃げられた経緯があった。それで、茂兵衛はどうやれば岸崎を討てるかを考え、その稽古をするために、松之助を連れて空き地に来ていたのだ。

「その構えでいい。わしが、突け、と言ったら、体ごと当たるつもりで、岸崎の脇腹を突け」

茂兵衛は、松之助が岸崎に斬り付けるのは、無理だとみていた。下手に近付いて斬り付けようとすると、岸崎の斬撃を浴びるかもしれない。それで、茂兵衛は突きだけを教えようとした。

「突け！」

茂兵衛が声をかけた。すると、松之助は素早く踏み込み、「突き！」と声を上げ、手にした刀を突き出した。

「いいぞ！　いまの突きなら、岸崎の脇腹を突けたぞ」

茂兵衛は、松之助に自信を持たせるために褒めたわけではなかった。いまの突きなら、岸崎の脇腹を突くことができた、とみたのだ。ただ、岸崎に深手を負わせるような突きではない。浅く、腹に突き刺さっただけだろう。

……浅手でいい。

と、茂兵衛は思っていた。松之助には父母の敵として、岸崎に一太刀浴びさせてやればいいのだ。岸崎を仕留めるのは、茂兵衛自身である。

「いま、一手！」

茂兵衛が声をかけた。

「はい！」

と、松之助は応え、立っていることを想定した岸崎の左手にまわって、切っ先を岸崎の脇腹にむけた。

それから、ふたりは小半刻（三十分）ほど稽古をつづけた。ふたりの顔に汗がひかり、松之助の息が荒くなってきた。

「松之助、一休みするか」

茂兵衛が声をかけた。

そのとき、長屋の方から近付いてくる下駄の音がした。おときである。おときは、慌てた様子で空き地に入ってきた。

茂兵衛は手にした刀を鞘に納め、おときが近付くの待って、

「どうした、おとき」

と、訊いた。長屋で何かあったので、おときが知らせに来たとみたのである。

「川澄さまたちが、見えてますよ」

おときが言った。おときは長屋を訪ねてきた川澄と顔を合わせ、名を聞いたことがあったので、川澄のことを知っていたのだ。

「ひとりか」

茂兵衛が訊いた。

「ふたりですけど、もうひとりは、だれか知りません」

「行ってみよう」

茂兵衛は脇に立っている松之助に、「長屋に帰るぞ」と声をかけ、おときについて、空き地を出た。

茂兵衛と松之助が長屋の家の近くまで来ると、戸口に立っているふたりの武士の姿が見えた。川澄と村越である。川澄の傷は癒えてきたらしく、傷口を庇《かば》っているような様子はなかった。

茂兵衛たちが戸口に近付くと、

「ふたりに、話があってな」

川澄が小声で言った。そばに、おときが立っていたので、声をひそめたらしい。

「ともかく、入ってくれ」

そう言って、茂兵衛が腰高障子をあけた。

「あたしに用があったら、声をかけてくださいね」

おときは、そう言い残し、踵を返して自分の家の方に足をむけた。大事な話と思ったらしい。

茂兵衛は、川澄と村越を座敷に上げた。茂兵衛がふたりの前に腰を下ろすと、松之助は茂兵衛の脇に殊勝な顔をして座った。茂兵衛は、松之助を外に出すようなことはしなかった。いっしょに、話を聞かせようと思ったのである。

「何かあったのか」

茂兵衛が訊いた。

「何かあったわけではないが、逃げた岸崎のことだ。どうやら、長谷川町の借家にもどっているらしい」

川澄によると、藩士が長谷川町の表通りを歩いているとき、岸崎の姿を見かけたそうだ。その通りは、以前岸崎と剛村が隠れ住んでいた借家のある路地から近いという。

茂兵衛も、岸崎はその借家にいるような気がした。

「それで、岸崎ひとりか」

茂兵衛が訊いた。

「分からぬ。まだ、岸崎が長谷川町の借家にいると、はっきりしたわけではないのだ。それで、借家に様子を見に行くつもりなのだが、伊丹どのもいっしょに行ってもらえぬかと、思ってな」

川澄が言うと、脇に座していた村越が、

「岸崎がいれば、あらためて出直し、敵を討ったらどうかと思って来てみたのだ」

と、言い添えた。

「かたじけない。そうさせてもらおう」

茂兵衛が言った。どうやら、川澄たちは松之助のことを考えて、事前に話を持ってきてくれたらしい。

松之助を連れて隠れ家付近で聞き込みにあたると、子連れということで、岸崎に気付かれる恐れがあるとみたのだろう。それに、急遽《きゆうきょ》、その場で岸崎と闘うことになれば、茂兵衛はともかく、松之助は動転するだろうし、仇討ちの心構えもないまま斬り合いになるかもしれない。

「これから、長谷川町にむかえるか」

川澄が茂兵衛に訊いた。

「行ける」

茂兵衛が言った。

2

茂兵衛、川澄、村越の三人は長屋を出ると、日光街道を南にむかった。浜町堀にかかる緑橋を渡って、しばらく歩いてから左手の通りに入った。その通りは、長谷川町につづいている。

茂兵衛は長谷川町に入ると、

「たしか、近くに稲荷があったな」

　と、川澄と村越に声をかけた。

　茂兵衛たちは以前、岸崎と剛村が身を隠していた借家を探したとき、稲荷がそばにあると聞いて、稲荷を目印に探したのだ。

　茂兵衛たちが、いっとき長谷川町の通りを歩いたとき、

「その路地だ」

　と、川澄が指差して言った。

「ここだな」

　茂兵衛は、その路地に見覚えがあった。

　路地をしばらく歩くと、前方に稲荷の赤い鳥居が見えた。稲荷の祠を、椿や樫などがかこっている。

「あの稲荷のそばだったな」

　茂兵衛が言った。岸崎たちの隠れ家は、稲荷の斜向かいにあるはずだった。

　茂兵衛たち三人は、稲荷の鳥居の脇の樹陰に身を隠した。斜向かいに、見覚えのある借家がある。

「どうする」

川澄が訊いた。

「わしが、様子をみてくる」

茂兵衛は、まず借家にひとがいるか確かめてみようと思った。

茂兵衛は借家付近に武士の姿がないのを見てから、路地に出た。そして、通行人を装って家の前を通った。

……いるぞ！　しかも、ふたりらしい。

茂兵衛は借家の前を通り過ぎるとき、かすかな人声を耳にした。ふたりの男が何か話しているようだった。話の内容は聞き取れなかったが、ふたりとも武家言葉であることは知れた。

茂兵衛は用心のため、借家の前から半町ほども通り過ぎてから足をとめ、川澄たちのいる場にもどってきた。

「ふたり、いるぞ」

茂兵衛が言った。

「ふたりか」

村越が、驚いたような顔をした。

「岸崎に味方する藩士が、訪ねてきたのではないか」

川澄が口を挟んだ。

「何者が訪ねてきたか、分かるか」

茂兵衛が訊いた。

「分からぬが、雲仙流一門の藩士だろうな。おそらく、先手組の者だ」

川澄によると、先手組の雲仙流一門のなかには、まだ岸崎に与する者がいるという。

「念のため、近所で聞き込んでみるか」

茂兵衛は、ふたりの会話を耳にしたが、借家にいるのは、ふたりだけなのか、はっきりしなかったのだ。近所で聞き込めば、借家にいる者のことが知れるかもしれない。

「岸崎たちに気付かれぬように、借家からすこし離れた方がいいな」

川澄が言った。

「そうだな」

茂兵衛たちは借家から離れ、三人が別々になって聞き込むことにした。

茂兵衛たちは、来た道をすこし引き返してから分かれた。ひとりになった茂兵衛は、路地を表通りの方にむかって歩きながら、話の聞けそうな店がないか探した。川澄と村越は、別の路地に入ったようだ。

茂兵衛は、路地沿いにある八百屋に立ち寄った。店先にいた親爺に借家の住人のことを訊いたが、まったく知らなかった。

茂兵衛はさらに歩き、小体な瀬戸物屋を目にした。店先の台に、茶碗、皿、丼などが並んでいた。店のなかにも、大皿や重鉢《じゅうばち》などが置かれている。

茂兵衛は店先にいた親爺に近付き、

「ちと、訊きたいことがある」

と、声をかけた。

「何でしょうか」

親爺は、戸惑うような顔をした。いきなり、武士に声をかけられ、何事かと思ったのだろう。

「この先に、武士の住む借家があるな」

茂兵衛が、借家の方を指差して言った。

「ありますが」

親爺が、答えた。どうやら、借家に武士が住んでいることを知っているらしい。

「住んでいるのは、ひとりか」

茂兵衛が訊いた。

「お侍さまが、おひとりで家に入るのを見かけたことがありますが、何人で住んでいるかは、存じません」

親爺は首をひねった。

「そうか」

茂兵衛はこれ以上訊いても、借家にいる者のことは知れないとみて、店先から離れた。

それから、茂兵衛は、路地沿いの店に立ち寄ったり、通りすがりの者に訊いたりしたが、新たなことは分からなかった。

茂兵衛が川澄たちと分かれた場にもどると、ふたりの姿があった。先に帰っていたらしい。

「何か知れたか」

茂兵衛が、ふたりに訊いた。

「知れたぞ。あの家にいるのは、武士らしい。しかも、ふたりだ」

村越が身を乗り出すようにして言った。

村越は、路地を通りかかったぼてふりをつかまえて、借家のことを訊いたことを話してから、

「ぼてふりが、あの家の前を通りかかったとき、武士がふたり戸口から入るのを目にしたそうだ」

と、言い添えた。

「何者か分からないが、あの家には岸崎と、もうひとり武士がいるとみていいな」

川澄が断定するように言った。

3

その日、茂兵衛は長屋に帰ると、久し振りにめしを炊いた。そして、松之助とふ

たりで残っていた漬物を菜にして食べた。

食後、茂兵衛は、明日父母の敵の岸崎を討ちに行くことを松之助に話した。

「父上と母上の敵を討つぞ！」

松之助が、声を上げた。動揺した様子はなかった。もっとも、長い間、敵を討つために剣術の稽古をつづけてきたし、一度、岸崎と闘ったこともあるので、松之助にとって特別なことではないのだ。

「今日は、早く寝ろ」

「爺さまも、早く寝るのですか」

松之助が訊いた。

「そのつもりだ」

茂兵衛も、今夜は早く寝ようと思った。

翌朝、茂兵衛と松之助は、暗いうちに起きた。そして、昨晩の残りのめしを握りめしにして食ってから、ふたりは長屋を出た。

茂兵衛たちは長谷川町に来ると、路地沿いにある稲荷の前に足をとめた。まだ、川澄と村越の姿はなかった。ふたりは、川澄の住む堀留町の借家から来ることになっていたのだ。

茂兵衛が、川澄たちの来る前に、岸崎のいる借家を見ておこうと思ったとき、路地の先に川澄と村越の姿が見えた。

ふたりは茂兵衛たちの姿を目にすると、小走りになった。そして、茂兵衛たちのそばまで来ると、

「すまぬ、遅れてしまった」

川澄が息を弾ませて言った。

「わしらも、来たばかりだ」

「岸崎はいるかな」

川澄が、借家に目をやって訊いた。

「わしが、様子をみてくる」

茂兵衛は、傍らに立っている松之助に、「川澄どのたちと、ここにいろ」と声をかけ、ひとりでその場を離れた。

茂兵衛は借家の前まで行くと、忍び足で戸口に近付いた。家に岸崎がいるかどうか探ろうとしたのだ。

家のなかで、話し声がした。すぐに、ひとりは岸崎と知れた。聞き覚えのある声だったのだ。もうひとりも武家言葉だったが、何者か分からない。そのとき、岸崎の「イチムラ、藩邸には、いつもどる」という声が聞こえた。すると、イチムラと呼ばれた男が「明日、藩邸にもどり、川澄たちの動きを探ってみる」と答えた。

茂兵衛はそれだけ聞くと、足音を忍ばせて川澄たちのいる場にもどった。

「岸崎は家にいる」

すぐに、茂兵衛が言った。

「岸崎ひとりか」

村越が訊いた。

「いや、イチムラという男がいっしょだ」

茂兵衛は、岸崎が相手の男をイチムラと呼んだことを話した。

「そやつ、市村康次郎《いちむらやすじろう》だ」

川澄が、市村は先手組で雲仙流一門であることを言い添えた。

「いずれにしろ、市村も討たねばならぬな」

茂兵衛が言った。

「おれと村越で、市村は討つ。伊丹どのたちは、岸崎を討ってくれ」

そう言って、川澄が村越に目をやると、村越は顔をひきしめてうなずいた。

「かたじけない」

茂兵衛は松之助とふたりで、岸崎だけを相手にしようと思った。何としても、ここで敵を討ちたいのだ。

「松之助、支度するぞ」

茂兵衛が松之助に声をかけた。

「はい！」

松之助は昂った声で応えた。そして、用意した細い紐で襷をかけ、ちいさな袴の股立をとった。

茂兵衛も袴の股立をとったが、襷はかけなかった。

「いくぞ」

茂兵衛が声をかけた。

茂兵衛たち四人は、借家の前まで行くと足をとめた。都合のいいことに、辺りに人影はなかった。

「わしが、家にいる岸崎と市村を外に連れ出す。三人は、家の脇にいてくれ」

茂兵衛はそう言い置き、ひとりで借家の戸口にむかった。

家のなかで、岸崎と市村の声が聞こえた。ふたりは、戸口に近い座敷にいるらしい。

茂兵衛は、戸口の板戸に手をかけて引いた。板戸は重い音をたてて開いた。心張り棒は支《か》ってなかったらしい。

敷居につづいて狭い土間があり、その先に座敷があった。

座敷のなかほどに、ふたりの武士の姿があった。岸崎と市村と思われる武士である。ふたりの膝先に、貧乏徳利が置いてあった。ふたりは、湯飲みを手にしていた。酒を飲んでいたらしい。

岸崎は茂兵衛の姿を目にすると、

「伊丹か！」

と、声を上げ、手にした湯飲みを膝先に置いた。市村は驚いたような顔をして、茂兵衛を見つめている。

「岸崎、倅夫婦の敵だ。表に出ろ！」

茂兵衛が、岸崎を見すえて言った。

「おぬしひとりか」

岸崎は、傍らに置いてあった大刀を手にした。

すると、岸崎の脇にいた市村も刀を手にした。岸崎に味方するつもりらしい。

「いや、孫の松之助も来ている」

「あの小童《こわっぱ》か」

岸崎の顔に、薄笑いが浮いた。

「松之助は、父母の敵を討つために国元から、わしといっしょに江戸に出たのだ」

「ご苦労なことだ」

「岸崎、表に出ろ！」

茂兵衛が、語気を強くして言った。

「いいだろう。ここで、うるさいやつらを彼《あ》の世へ送ってやる」

岸崎は手にした刀を腰に帯びた。

これを見た市村は、

「岸崎どのに助太刀いたす」

と、声を上げ、岸崎につづいて土間に足をむけた。

茂兵衛は後ずさり、敷居を跨いで外に出た。そして、素早く路地に出た。その場に、松之助が走り寄った。

4

茂兵衛は路地で、岸崎と対峙した。一方、松之助は岸崎の左手にまわり込み、刀の柄を握りしめた。

そこは路地の外で、地面は雑草に覆われていたが、草丈は低く、足をとられるようなことはなさそうだった。

そのとき、岸崎からすこし遅れて戸口から出てきた市村に、川澄と村越が左右から走り寄った。

「助太刀か！」

市村が叫んだ。

「助太刀ではない。おれたちは、おぬしを捕らえに来たのだ」

市村の前に立った村越が言った。川澄は市村の後ろにまわった。川澄は、まだ傷が治りきっていないので、この場は村越にまかせる気らしい。

「おのれ！」

市村が抜刀した。

「われらに、歯向かうつもりか。ならば、やむをえぬ」

村越も抜いた。

ふたりの間合は、二間半ほどだった。戸口は狭く、十分に間合がとれなかったのだ。

「いくぞ！」

村越が声をかけ、青眼に構えて切っ先を市村にむけた。

市村も相青眼に構えた。だが、切っ先が小刻みに震えていた。腰も据わっていなかった。市村は興奮と真剣勝負の気の昂りで、身が硬くなっているのだ。

背後にまわった川澄も刀を手にして、切っ先を市村にむけていたが、間合をひろくとっていた。村越と市村の闘いをみて、動くつもりなのだろう。

　このとき、茂兵衛は岸崎と対峙していた。ふたりの間合はおよそ三間――。まだ、一足一刀の斬撃の間境の外である。

　茂兵衛は青眼に構えていた。岸崎も相青眼にとった。ふたりの構えは、以前立ち合ったときと同じである。

　松之助は岸崎の左手にまわり込むと、青眼に構えて切っ先を岸崎にむけた。

　松之助は目をつり上げていたが、体の顫えはそれほどひどくなかった。松之助も、岸崎とやり合ったことがあったので、恐怖と興奮は以前ほどひどくはないようだ。それでも、腰が浮き、切っ先が震えている。

　このまま仕掛けたら、松之助は岸崎に一太刀浴びせることはできない、と茂兵衛はみてとり、

「松之助、息を吸って吐け！」

　と、稽古のときと同じ口調で言った。

　松之助は、すぐに大きく息を吸って吐いた。すると、切っ先の震えがいくぶん収まった。

……これなら、突ける！

と、茂兵衛はみた。

「岸崎、倅夫婦の敵！」

茂兵衛が声を上げた。

「父上と母上の敵！」

松之助が、茂兵衛につづいて叫んだ。

「年寄りと、餓鬼《がき》の出る幕ではないっ」

岸崎が、吼《ほ》えるような声で言った。岸崎の気が異常に昂っているらしく、声が震えている。

「いくぞ！」

茂兵衛が声をかけ、青眼に構えたままジリジリと間合をつめ始めた。その動きに合わせるように、松之助もすこしずつ間合をつめていった。こうしたふたりの動きは、長屋のそばの空き地で稽古していたとおりである。

対する岸崎は、動かなかった。青眼に構えたまま、茂兵衛との間合を読んでいる。以前茂兵衛たちと闘ったときと同じだが、岸崎は松之助を無視していた。敵は正面に立った茂兵衛ひとりとみているようだ。

ふいに、茂兵衛の寄り身がとまった。このまま斬撃の間境に踏み込むのは、危険だと察知したのだ。茂兵衛自身はともかく、岸崎が先に松之助に仕掛けるようなことでもあれば、松之助が危ないとみたのである。

岸崎の顔に、戸惑うような表情が浮いた。ふいに茂兵衛の寄り身がとまったからだろう。

茂兵衛が動きをとめると、松之助も動きをとめた。松之助と岸崎の間合は、まだかなりある。岸崎が松之助に体をむけて、斬り込んでも切っ先のとどかない間合である。

茂兵衛は松之助と岸崎との間合が保たれたのを見て、いきなり仕掛けた。

イヤアッ！

茂兵衛が裂帛の気合を発し、素早い摺り足で岸崎との間合をつめた。松之助も、摺り足で岸崎に近付いていく。

ふたりが動くと、岸崎の全身に斬撃の気がはしった。茂兵衛の仕掛けと気魄から、そのまま斬り込んでくるとみたようだ。

タアッ！

鋭い気合を発し、岸崎が茂兵衛に斬り込んだ。

踏み込みざま袈裟へ。

ほぼ同時に、茂兵衛も袈裟に斬り込んだ。

袈裟と袈裟――。

二筋の閃光《せんこう》がはしり、ふたりの眼前で刀身が合致した。

ふたりは身を寄せ、合致した刀身を立てて力で押した。鍔《つば》迫《ぜ》り合いである。刀身を押し合ったまま、ふたりの動きがとまった。

「松之助、突け！」

茂兵衛が声を上げた。

その声に弾かれたように、松之助は刀を前に突き出すように構えて踏み込んだ。

松之助は岸崎の左手に身を寄せ、

「父上と母上の敵！」

叫びざま、手にした刀を岸崎の脇腹に突き刺した。

岸崎が、グッ、と喉の詰まったような呻き声を上げて身を反らせた。だが、茂兵衛はさらに踏み込み、岸崎の刀身を己の刀身で押さえていた。

「松之助、身を引け！」

茂兵衛が声をかけると、松之助は両手で刀の柄を握りしめたまま身を引いた。刀の切っ先が、血に染まっている。松之助の手と袖にも、血の色があった。松之助は目を剝き、激しく身を顫わせていた。

茂兵衛は松之助が身を引いたのを見ると、鍔迫り合いをしていた両手に力を込めて、グイと押した。

岸崎は茂兵衛に押されて、後ろによろめいた。

「倅夫婦の敵！」

茂兵衛が叫びざま踏み込み、袈裟に斬り込んだ。膂力《りょりょく》のこもった渾身《こんしん》の一刀である。

茂兵衛の切っ先が、岸崎の肩から胸にかけて深く斬り裂いた。

岸崎は身をのけ反らせ、後ろによろめいた。岸崎は足がとまると、血を撒きながらいっときつっ立っていたが、腰から崩れるように転倒した。傷口から奔騰《ほんとう》した血が激しく流れ出し、岸崎の肩から胸にかけて真っ赤に染めている。

仰臥《ぎょうが》した岸崎は苦しげに顔をしかめていたが、いっときすると、表情が動かなくなった。呻き声も聞こえない。絶命したようだ。

松之助は血刀を引っ提げたまま、蒼ざめた顔で、倒れている岸崎のそばにつっ立っていた。体がブルブルと顫えている。

茂兵衛は松之助のそばに身を寄せ、肩に腕をまわして抱きかかえてやり、

「松之助、みごと父と母の敵を討ったな」

と、いつになく優しい声で褒めてやった。

「じ、爺さまのお蔭です」

松之助はそう言うと、茂兵衛の二の腕辺りに顔を押しつけて、オンオンと泣きだした。激しい恐怖が消え、父母の敵を討った安堵と喜びがちいさな胸に突き上げてきたにちがいない。

村越と市村の闘いも終わっていた。市村は、血塗れになって地面に伏臥《ふくが》したまま動かなかった。絶命したらしい。その市村のそばに、村越と川澄が立っていた。ふたりは、茂兵衛と松之助が敵を討ったことを知ると、小走りに近付いてきた。

「伊丹どの、松之助どの、お見事でござる」

川澄が、涙声で言った。茂兵衛たちのこれまでの苦労を知っていたので、胸に突き上げてくるものがあったのだろう。

「これで、亡くなられた伊丹さまたちも、草葉の陰で喜んでおられよう」

村越の目も、感涙に濡れていた。

「川澄どのや村越どののお蔭で、倅夫婦の敵を討つことができた。松之助ともども礼を申す」

そう言って、茂兵衛がふたりに頭を下げると、脇にいた松之助もコクリと頭を下げた。

「ふたりの亡骸は、どうする」

茂兵衛が、声をあらためて訊いた。

「通りに、放置しておくわけにはいかぬな。家のなかに、運んでおくか」

川澄が、後で高島さまと相談し、藩士たちで片付けに来る、と言い添えた。

茂兵衛たち三人で、岸崎と市村の亡骸を家に運び終えると、

「松之助、長屋に帰るか。長屋の者たちにも、敵が討てたことを話しておこう。い

ろいろ心配してくれたからな」

茂兵衛が、松之助に言った。

茂兵衛たちが、長屋近くの空き地で剣術の稽古をしていたこともあって、長屋の住人の多くが、敵討ちのために祖父が孫を連れて江戸に来ていることを知っていたのだ。

「福多屋のお春さんにも話します」

松之助が、嬉しそうな顔をして言った。

5

「江戸には、帰ってこないの」

お春が、涙声で言った。

茂兵衛と松之助が、殺された恭之助と妻のふさの敵を討って十日ほど過ぎていた。

茂兵衛と松之助は、国元に帰ることになった。伊丹家の屋敷は国元に残っており、松之助が相応の歳になれば、亀沢藩に士官もかなうだろう。

茂兵衛たちは明日の早朝、長屋を発つつもりでいた。それで、茂兵衛たちは、別れの挨拶に福多屋に立ち寄ったのである。

福多屋には、富蔵の家族の他に、弥助と柳村の姿もあった。ふたりは、茂兵衛たちが明日江戸を発つと耳にして、福多屋に駆け付けたのだ。

「爺さま、もう江戸に来ないのですか」

松之助が、茂兵衛に訊いた。松之助は国元に帰った後、どこで、どんな暮らしをするのか知らないのだ。

「帰ってくる。松之助の士官がかなったら、江戸詰になるかもしれんぞ」

茂兵衛が言うと、

「江戸に来たら、また福多屋に泊めてもらいます」

松之助が声高に言った。

そばにいた富蔵が、「おふたりが、江戸に来られるのを待ってますよ」と言うと、おさよが、「わたしも待っています」と、涙声で言い添えた。

茂兵衛は脇に立っている柳村と弥助に、

「世話になったな。知り合いのいない江戸の地で、松之助とふたりで暮らしてこられたのは、そなたらといっしょに仕事ができたからだ」

そう言って、軽く頭を下げた。

「そんなこたァねえ。あっしらこそ、伊丹の旦那に世話になったんだ」

弥助が言うと、めずらしく無口な柳村が、

「また、江戸に出てこい。いっしょに、仕事をやろう」

と、声高に言った。

それから、茂兵衛と松之助は福多屋に集まった者たちといっとき話した後、あらためて礼を言って福多屋を出た。

すでに、辺りは夕闇に染まっていた。茂兵衛たちが長屋にもどると、おとき、おはつ、お松の三人が顔を出した。おはつは日傭取りの女房で、お松は茂兵衛の家の向かいに住む指物師《さしものし》の女房である。おときとは話が合うらしく、井戸端などでお喋りをしていることが多かった。

三人は、握りめしの載った皿と、漬物と煮染の入った小鉢を手にしていた。

「ふたりとも、夕飯、まだなんだろう」

お松が、妙に優しい声で言った。

どうやら三人は、明朝、茂兵衛と松之助が江戸を発つことを知っていて、別れの挨拶に来たらしい。

「ふたりで、食べてくださいな」

そうおときが言い、おはつとお松の三人で手にした皿と小鉢を上がり框近くに置いた。

「すまんな。これから、めしを炊くつもりだったが、これで炊かずにすむ」

茂兵衛が、顔をほころばせて言った。松之助も腹が減っていたらしく、握りめしに目をやっている。

おときたち三人は帰らずに、土間に立ったまま、

「ねえ、国元に帰ってしまうんですか」

おときが、訊いた。

「長屋のみんなのお蔭で、敵討ちを果たせたのでな、国元に帰ることになったのだ」

茂兵衛は、握りめしの載った皿を手にした。松之助も、茂兵衛のそばに来て小鉢を持った。

「ふたりがいないと、寂しくなりますねえ」

おときがしんみりした声で言った。

「松之助さんが元服するまで、江戸にいたら」

お松が、身を乗り出すようにして言った。

「そうはいかん。わしらも、国元に家があるし、松之助の父母の眠る墓もあるのだ」

「仕方ないわねえ」

おときが、肩を落として言った。

そして、「明日、長屋のみんなと、見送りに来ますからね」と言い残し、おはつとお松の三人で、戸口から出ていった。

茂兵衛と松之助が、座敷のなかほどにもどり、握りめしの載った皿と、漬物と煮染の入った小鉢を膝先に置いて座った。

そのとき、出ていったおときたちと入れ替わるように、川澄と村越が姿を見せた。

ふたりは土間に入って来ると、

「夕餉は、まだか」

川澄が、握りめしの載った皿に目をやって言った。

「すこし、遅くなってな」

茂兵衛は、「めしは後にする」と言って、膝の脇に置き直した。

「明日、見送りに来たいのだが、朝が早いので来られぬ。それで、今日、ふたりで、別れの挨拶にな」

川澄が立ったまま言った。脇に、村越も立っている。すぐに、帰るつもりなのだろう。

「茶でも出せればいいんだが、湯がないのだ」

そう言って、茂兵衛は上がり框の近くに来て座したが、松之助は座敷のなかほどに座ったまま、ふたりに目をやっている。

「実は、江戸を発つ前に、伊丹どのの耳に入れておきたいことがあるのだ」

川澄が、声をひそめて言った。

「なんだ」

「実は、国元の始末がつきそうなのだ。一昨日、国元の御城代から鳴海さまと大内さまに連絡があったのだが、国元の普請奉行の竹沢の悪事が明白になり、切腹の沙汰《た》があったとのことだ」

川澄が言った。

国元の城代家老は、家老や年寄の上に立ち、藩政を総括する立場である。どうやら、川澄と村越は、茂兵衛と松之助が江戸を発つ前に、竹沢のことを耳に入れておくつもりもあって、長屋を訪ねてきたらしい。

「竹沢は、不正な普請で手にした金を何に使おうとしたのだ」

茂兵衛が訊いた。竹沢は不正で手にした金を、己の贅沢《ぜいたく》や遊蕩《ゆうとう》のために使ったとは思えなかったのだ。

「出世のためらしい。……国元の年寄の太田《おおた》さまが、老齢のため近いうちに隠居されることになっているのだが、その後釜にすわるために、国元の重臣たちへの賄賂《まいない》として使ったようなのだ」

「そういうことか」

茂兵衛は、なぜ竹沢が岸崎たちを使って倅夫婦を殺したのか、その理由がはっきりしたと思った。

それから、川澄と村越は、これまで手を貸してくれた茂兵衛に礼を言い、いつか国元で会いたい、と言い残して踵を返した。

ふたりが帰った後、茂兵衛と松之助は、おときたちが持ってきてくれた握りめしと菜を食べた。そして、明朝旅発つための仕度を終えてから床に入った。


翌朝、茂兵衛と松之助は暗いうちに起きた。そして、昨夕の残りのめしを湯漬にして食べた後、旅仕度を始めた。

腰高障子が明るくなると、戸口に集まってくる足音や話し声が聞こえてきた。長屋の者たちが、見送りに来てくれたようだ。

茂兵衛と松之助が旅仕度を終えて戸口から出ると、おときをはじめ、長屋の住人たちが大勢集まっていた。女房連中だけでなく、亭主や年寄り、それに子供たちの姿もあった。

茂兵衛は集まっている長屋の住人たちに、

「世話になった。みんなに、礼を申す」

そう声をかけ、松之助とふたりで頭を下げた。

茂兵衛と松之助が路地木戸へむかって歩きだすと、長屋の住人たちは、ぞろぞろとついてきた。その住人たちのなかから、「達者でね」「また、江戸に来て」「ふたりのことは、忘れないよ」などという声が、あちこちからかかった。

この作品は書き下ろしです。

孫連《まごづ》れ侍《ざむらい》裏稼業《うらかぎょう》

成就《じょうじゅ》

鳥羽亮《とばりょう》

平成30年12月10日　初版発行

発行人――石原正康
編集人――袖山満一子
発行所――株式会社幻冬舎
〒151-0051東京都渋谷区千駄ヶ谷4-9-7
電話　03(5411)6222(営業)
　　　03(5411)6211(編集)
　　振替00120-8-767643
印刷・製本―図書印刷株式会社
装丁者――高橋雅之

幻冬舎時代小説文庫

ISBN978-4-344-42822-5　C0193　と-2-40

幻冬舎ホームページアドレス　http://www.gentosha.co.jp/
この本に関するご意見・ご感想をメールでお寄せいただく場合は、
comment@gentosha.co.jpまで。